NOS CŒURS VAILLANTS

DU MÊME AUTEUR

LE CONTRAIRE DU COTON, *roman*, Grasset, 1993.
LES SPAGHETTIS D'HITLER, *roman*, Grasset, 1994.
GROS CHAGRIN, *roman*, Grasset, 1996.
THÉODORE DISPARAÎT, *roman*, Grasset, 1998.
L'ART EST DIFFICILE, *portraits*, Julliard, 2004.
LA CHAMBRE DE LA STELLA, *roman*, Grasset, 2006.
PRENEZ UN COQ, *chroniques*, Verdier, 2008.

JEAN-BAPTISTE HARANG

NOS CŒURS VAILLANTS

roman

BERNARD GRASSET
PARIS

ISBN 978-2-246-72661-6

Pour Gérard Bobillier

1

Nos cœurs sont vaillants, c'est la mémoire qui flanche. Je suis en bonne santé, en pleine possession de mes facultés intellectuelles. Le peu de tests que j'ai subis depuis l'enfance, ce qu'en pensent les personnes bienveillantes qui m'ont côtoyé semblent me situer dans une vague moyenne dont il n'y a pas lieu de se vanter. Je suis le mâle aîné d'une famille reconstituée comme on en produit beaucoup de nos jours, père de trois enfants, beau-père d'un quatrième, et compagnon d'une femme admirable. Je perçois des revenus modestes et réguliers, suffisants pour assurer le gîte, le couvert, le club de remise en forme et les cigarettes de tout ce petit monde. Bref, je n'ai aucune raison d'écrire un livre et encore moins d'excuses pour le faire. Je n'ai rien d'important, d'intéressant à dire, je n'en éprouve pas le moindre besoin, ni par vanité, ni par désœuvrement. Et pourtant nous y voilà.

J'écris pour me souvenir. Sur ordre de la Faculté. Mon cousin Maurice est psychiatre, il voulait être vétérinaire. Nous nous voyons peu, à chaque rencontre j'essaie de lire dans son œil ironique et bienveillant le diagnostic qu'inconsciemment il porte sur ses contemporains, leurs chevaux et leurs femmes. La dernière fois, alors que nous évoquions l'état d'amnésie et de renoncement de mon père au moment de sa mort, il marqua soudain une pause, me dévisagea et ne dit rien. Son silence parlait pour lui : « Attention, mon vieux, à ton âge, tu commences à perdre la boule, toi aussi ».

J'avais égaré mes clefs de voiture que je tenais à la main, puis, les ayant retrouvées comme par miracle, je ne savais plus où j'avais garé l'auto. Je lui demandai conseil, avec assez d'ironie feinte pour qu'elle cachât mon inquiétude. Il se lança : « Ne t'en fais pas, ce n'est pas héréditaire. Toi qui as la plume qui te chatouille, tu devrais écrire tout ça, prendre des notes. Ça aide. La mémoire est un muscle comme les autres, il faut l'entraîner. Sinon, je te prescris des pilules, mais les résultats sont aléatoires. » Comme je suis plutôt rétif aux remèdes, surtout si je ne suis pas malade, j'ai pris ces quelques notes.

Je me souvenais de Francis Blanche, sur la scène du théâtre Fontaine, qui donnait un sketch intitulé « L'hercule de la mémoire ». Il demandait au public de choisir une lettre, tout l'alphabet y passait, Blanche encourageait cette pluie de lettres montant du parterre, et, invariablement, il retenait le A. Sur un tableau noir, il dessinait un A de belle grandeur et l'effaçait avec un si grand soin que son éponge sèche gravait encore plus lisiblement la lettre qui, de toute façon, gardait déjà la trace indélébile du spectacle de la veille. L'air pénétré, il se faisait fort de retrouver parmi les vingt-six lettres de l'alphabet celle que son public chéri venait de choisir pour lui. Puis il nous récitait des poèmes dont il ressortait qu'elle est polie Esther, comme il est fort Mica, et qu'une jeune donzelle était partie, avec ton thon, ton Taine et tonton. Les mauvais calembours ne m'ont jamais effrayé, et, puisque mon psychiatre de cousin m'avait quitté sur ce dernier mot, aléatoire, je me suis souvenu que je n'étais jamais allé à Thouars. Il faut bien commencer par un bout.

Je ne suis jamais allé à Thouars et je le regrette, car j'ai un bon souvenir de Thouars que je ne connais qu'à travers cette carte postale reçue il y a plus de vingt ans et égarée depuis. Thouars m'a tout l'air d'une jolie petite ville pas peu fière de son patrimoine et posée dans un méandre d'une de ces deux Sèvres qui donnent leurs noms au département, mais laquelle ? La carte postale représente de Thouars un bâtiment sis en ville et dont je ne me souviens absolument pas (musée Henri-Barré ou église Saint-Médard ?), elle me fut chaleureusement expédiée par Marie-Pierre Vincent et Bruno Clémentin qui y signaient un texte court : « Celui qui publie aux Editions Approximatives se doit de savoir que nous sommes allés à Thouars », je cite de mémoire, approximativement. Je leur avais offert un exemplaire d'un fameux recueil de poésies (si l'on peut dire, on verra que non) effectivement imprimé par cette honorable maison qui s'en tint là. Les habitants de Thouars s'appellent entre eux les Thouarsais et les Thouarsaises, ils savent qu'aucune Sèvre ne baigne leur cité, sinon le Thouet dont les eaux lascives s'en vont vers Saumur se fondre dans celles, gloutonnes, de la Loire. Je me souviens de François Nourissier à la télévision française déclarant que le plus beau titre pour un livre serait « L'or de la Loire » et se désoler de n'avoir jamais su écrire un texte assez noble pour mériter ce titre. Je n'ai jamais réussi à débarrasser ma mémoire de ce souvenir idiot et le regrette, j'ai le sentiment infondé qu'il y prend la place d'un autre, essentiel et oublié.

J'écrivais ce que je croyais être des poèmes que je copiais sur du papier Canson, au porte-plume d'une encre carmin que je prenais pour du sang, je brûlais les bords façon parchemin comme on le fait parfois dans les gargotes, les jours de fête, pour présenter des menus à prix fixe. J'avais seize ans. Je vivais dans une chambre de bonne de six mètres carrés près de la place de l'Etoile, à Paris, où je passais mon temps à lancer dans un pot d'opaline posé sur le lit de fausses pièces moyenâgeuses en faux bronze qu'on distribuait alors dans les stations-service, j'en possédais vingt-sept de tailles et de poids différents, ce qui ne facilitait pas le réglage du tir, à deux pas, comme au Mexique. Je ne me souviens pas avoir jamais réussi à y faire pénétrer la série complète d'un seul jet. Le reste du temps, j'écoutais Léo Ferré sur un tourne-disque subtilisé à l'aumônerie du lycée et luttais contre les incessants débuts d'incendie provoqués par mon activité de poète calligraphe pyromane. J'ai longtemps cru que *L'Ile Saint-Louis* (en ayant marre d'être à côté de la Cité) et *La Vie d'artiste*, dont les paroles étaient, sur la pochette du disque, portées au crédit de Francis Claude, avaient été écrites au bénéfice d'une faute de frappe par Claude François.

Je perforais mes parchemins à l'aide d'une antique machine à ressort qui avait servi à l'arrière une ou deux guerres mondiales et dont un petit réservoir récupérait les confettis dans l'espoir de fêter une paix décisive qui ne vint pas. Je les reliais dans un classeur fatigué qui avait naguère étudié le latin et dont les quatre crocs d'acier terni eussent mérité un peu d'orthodontie. Le classeur sous le bras, j'allais certains soirs déclamer ces inepties, un chapeau melon trop petit sur le haut du crâne, dans quelque foyer Léo-Lagrange, voire une salle Dominique-Savio où l'on ne se battait pas pour les entendre. Parfois, un spectateur indulgent, un organisateur apitoyé, un saint homme d'Eglise s'enquérait d'une hypothétique librairie où acheter le livre.

Un de mes amis dont j'ai tout oublié sinon que son frère était chauve se trouvait dans sa chambre d'enfant à la tête d'une presse à bras allemande et hors d'âge, d'un massicot rudimentaire et d'une grosse envie d'imprimer quelque chose. Il était ripeur, une profession que j'exercerais bientôt et qui consiste, comme son intitulé le dit un peu, à accompagner les livreurs des grands magasins et aller quérir au fond du camion les colis avant de se les coltiner dans des escaliers trop étroits avec pour seule satisfaction de répondre aux clientes qui demandent au travers de leur porte palière : « Qui c'est ? », « C'est le Printemps ! », ou les jours sans : « C'est le Bazar ! », selon la raison sociale de l'employeur du jour.

On récupéra chez un imprimeur du quartier des chutes d'un assez beau papier blanc et, pour la couverture, un lot de feuilles cartonnées d'un orange pelucheux dont on n'eut pas le choix. A l'aide d'un jeu de gouges et d'échantillons de revêtements de sol, je me livrai dans l'urgence à la production en linogravure de quatre ou cinq dessins sinistres censés égayer les pages. Je me souviens de l'un d'eux, dont l'idée appartient à Jef Vernon, où l'on voit un escargot géant monter à son allure le long d'un gibet où l'attend une corde à sa mesure pour s'y pendre. La même technique dessina la couverture où les titres mangent la moitié d'un visage vaguement cousin du Quichotte de Bernard Buffet : *Le Roi Lune*, suivi de *Les Enfants du gardien de square.*

Nous ne disposions pas de composteurs et c'est à la pince de philatéliste que nous composions le texte directement sur un marbre de pâtissier, dans les rares corps et polices disponibles dans des casses patinées, chaque page bloquée entre des gabarits d'acier. Après quelques essais de morasse au tampon on lançait la machine, qui trop graissée d'encre épaisse avait une lourde tendance à fermer l'œil des lettres au beurre noir. Je tournais la roue de fonte comme naguère dans les fermes on tirait l'eau des puits tandis que mon ami (possible qu'il s'appelât René) alimentait le dinosaure en papier, ou plutôt en papier le dinosaure de fonte. Nous en fîmes trois cents. René était cette sorte de ripeur qui connaît l'imprimerie, maîtrise sa machine et fréquente André Frénaud. Un peu plus tard, lorsque nous nous essayâmes à la révolution, René, en bon imprimeur, se révéla plus que serviable et d'un anarchisme discret.

Le livre n'était pas gros, mais trois cents, même les pages en vrac, un bon ripeur n'est pas de trop. Je ne sais plus par quel moyen les deux valises se retrouvèrent dans le garage de mon père qui venait de prendre sa retraite en Nivernais, dans la maison où je suis né. Deux valises de clowns, en bois, entoilées de marron, trois fois plus longues que larges, des poignées de cercueil, elles eussent été parfaites pour un représentant en balanciers d'horloges comtoises. Elles avaient naguère conduit mon frère aîné et moi dans le Jura, grosses de nos trousseaux de colonie de vacances, et celle qui craquait aux entournures et dont la toile souffrait de pelade m'avait servi de luge tout un hiver.

Sur des tréteaux, tout autour du garage, j'installai des planches de cuve et un circuit d'une soixantaine de tas de pages qu'il nous fallut parcourir trois cents fois avec mon ami Jean-François Brice qui devint colonel. Je fabriquai, à l'aide de chutes de planches de sipo dont mon père avait fait sa barrière et de tiges filetées, deux presses rudimentaires afin d'encoller par vingtaines d'un mélange à l'encre de Chine orange la tranche des recueils d'une toile de nylon. Puis les découper, et les habiller d'une jaquette qui reproduisait le dessin de couverture et cachait la fausse reliure. Mon père surveillait avec bienveillance ce trafic qui obligeait sa voiture à coucher dehors, il savait par cœur quelques vers de Maurice Rollinat et d'Albert Samain et devait penser que ce qui ne rime pas ne rime à rien.

Le contenu du petit livre orange ne vaut pas tripette. Les soirs de récital, je proposais le volume à la vente pour cinq francs nouveaux. Les invendus, la quasi-totalité de la production, dorment de leur belle mort dans la plus solide des deux valises de clown, au cœur engourdi d'un grenier que je ne fréquente plus. Je n'en ai pas le moindre exemplaire sous la main, je me souviens de quelques phrases, « Quand je serai riche, je m'achèterai un pauvre, en souvenir », « Il y avait si peu de bois que les flammes se dévorèrent entre elles », et cette autre qui, trente ou quarante ans plus tard, par une réminiscence incontrôlée, mit fin à un feuilleton absurde dans un quotidien : « Demain, deux mains de nain te prendront à la gorge. » Sur la page de garde du petit livre, on avait écrit ces mots (à peu près) : « Imprimé avec peine et bonne volonté sur la presse à bras des Editions Approximatives. » Je ne sais plus comment Marie-Pierre et Bruno le surent, je leur avais probablement offert un exemplaire naguère comme je l'ai supposé plus haut, toujours est-il qu'ils ne manquèrent pas, de passage à Thouars, de s'en souvenir.

Ensuite, pendant plus de vingt-cinq ans, je n'ai rien écrit.

2

Maintenant, je suis à peu près certain qu'il ne s'appelait pas René, mon petit imprimeur, son nom me reviendra, un nom qu'il partageait avec un frère chauve. Je l'ai oublié alors que je ne peux me débarrasser de « L'or de la Loire », cet encombrant charroi d'eau grise et de sable incertain qu'aucun alchimiste jamais ne transformera en or. Je me souviens de l'escalier de bois sombre rue Pierre-Demours, de la boule de laiton emboutie à la pointe de la rampe, des trois ou quatre étages que nulle presse de fonte venue de Heidelberg ou d'ailleurs de ses propres ailes n'aurait jamais su gravir malgré le génie des ripeurs du lieu. Je me souviens des couloirs étroits mangés d'étagères fléchissant sous le poids de dossiers débordants, de la cuisine envahie de dictionnaires, de la nappe vichy et des cercles grenat qu'y dessinaient nos verres. Je me souviens de tout, ne me souviens de rien.

Je me souviens d'alexandrins, de cette tringle aux douze anneaux dont parle Pierre Michon en inventant Rimbaud, je me souviens qu'il faut s'en méfier comme du choléra si l'on cherche la prose. Ou manier le boulier comme un automate.

Je me souviens de Jean-François Pétiard, et de son frère Vincent qui devint chauve avant de partir pour Orléans, comme si les frères n'avaient rien d'autre à faire que perdre leurs cheveux. Jean-François fut mon ami, mon aîné, avant de devenir mon premier mort. Définitivement mon premier mort. Nous ne savions rien des morts, à quinze ou seize ans, nous marchions côte à côte, Michel Pradilot et moi, rue Pierre-Demours, nous savourions notre deuil comme un sentiment nouveau, romantique, et nous scandions des vocalises de nos voix de fausset en claquant des doigts, certains d'improviser un requiem très moderne auquel les parents de Jean-François ratatinés de chagrin ne comprendraient rien. Nous étions ridicules. Pradilot avait une sœur énamourée et nous partagions une petite fiancée que je n'épouserai pas. Les parents auvergnats de la petite fiancée tenaient un café au numéro 9, et son frère le magasin Clinic Ménager, ouvert sans vitrine directement sur la rue avec une clientèle de concierges et d'employés de maison, les bourgeois se servaient chez Casanove. C'est avec lui que je fis mes premiers pas de ripeur et avec elle mes premières nuits froissées. La mère me préparait des œufs au jambon et le père, qui ressemblait à Pierre Doris, me parlait sans que je comprenne tout à fait de « sirop de corps d'homme ».

Pierre Demours était l'oculiste de Louis XVI, mais c'est à son fils Antoine Pierre, qui reprit son commerce, que la rue doit son nom. Jean-François Pétiard est mort poignardé par la poignée de frein de ma Mobylette, enfoncée jusqu'au cœur, une bleue Variomatic, une vraie, un dimanche matin, avant la messe de onze heures.

J'avais connu Jean-François au patronage de l'église Saint-Ferdinand, 18 rue Roger-Bacon, il y était moniteur, nous disions dirigeant, nous étions quatorze adolescents qu'il emmena, avec David Loiselet et Emile Pujol, faire le tour du mont Blanc en culottes courtes, je me souviens des cartouches de Camping-gaz dans les poches des sacs à dos. Plus tard, il me donna des cours de mathématiques dont je n'avais guère besoin mais qui créèrent entre nous une intimité que les adultes regardaient de travers. Sans doute portait-il à l'éphèbe que j'étais une attention particulière qu'aucun geste ne trahit jamais. Il était étudiant à HEC, après sa mort le bruit courut que sa véritable vocation était la prêtrise. Juste avant de mourir, il eut le temps, en décembre 1965, de mener campagne pour l'élection du général de Gaulle à la présidence de la République. Je me souviens de l'affiche de François Mitterrand, en noir et blanc, sur fond de pylônes électriques.

J'avais seize ans, mes parents dormaient dans le salon pendant qu'un dénommé Alexis repeignait au noir leur chambre en blanc cassé. Je vins me planter devant leur lit pour leur annoncer sans leur laisser le souffle de répliquer que j'achetais une Mobylette. Et même deux. J'avais gagné quatre sous à enseigner l'orthographe aux deux fils, nés pour lui succéder, d'un poissonnier du marché Poncelet qui rêvait pour eux du certificat d'études qu'il n'avait jamais eu, puis à trier des dépouilles de daims et de chèvres dans une peausserie de la rue Beaurepaire, la peausserie Maryn. J'empestais le cuir mort. La société Omnium d'assainissement vendait un lot de deux vélomoteurs de marque Mobylette pour 150 francs, une jaune dont le réservoir faisait le tour de l'axe de la selle et une bleue, une vraie. J'emportai le lot et cédai aussitôt à Yves Hardy la jaune qui déméritait par son absence d'amortisseurs à l'arrière. Si ces histoires venaient à s'ébruiter, il me faudra changer tous ces noms propres qui ne m'ont rien demandé.

J'aimais bien ma Mobylette et la prêtais parfois à Jean-François. Le dimanche matin, avant de sombrer brutalement dans un anticléricalisme mesquin et caricatural dont je ne me défais pas, je mettais un point d'orgue à ma carrière d'enfant de chœur à la grand-messe en l'église Saint-Ferdinand, place Tristan-Bernard qui n'avait pas mérité ça. J'étais cérémoniaire, autant dire le grade le plus élevé de cette hiérarchie dérisoire, je lisais l'épître, faisais chanter depuis le micro de la chaire des cantiques en français qui prétendaient que tel Seigneur fut mon berger et ne me permettais d'autre fantaisie iconoclaste que de troquer « les chants d'allégresse » par « les chants des négresses », comme je l'avais appris à la chorale du petit séminaire. Je commandais les fidèles à coups de claquoir, assis, debout, à genoux, et aux servants de messe en petites soutanes rouges et en surplis blancs par des mouvements de menton et de sourcils afin qu'ils manient clochettes et burettes au petit poil. Puis je quittais mon aube et courais au Franc-Tireur partager des cafés-crème avec d'autres adolescents qui se prenaient pour des adultes, j'y fumais des Gauloises bleues tirées d'un étui en porc que je tenais de mon père. Je ne me souviens pas si le buste en bronze de Tristan Bernard est tourné vers le bistrot ou vers l'église, on peut vérifier, à moins que son regard au loin ne se portât sur cette enseigne étrange au début de la rue Saint-Ferdinand : la Carrosserie Enfantine. On y vendait des landaus.

C'était un dimanche matin, j'avais prêté ma Mobylette à Jean-François Pétiard, il devait nous rejoindre au Franc-Tireur. Je vis passer le véhicule des pompiers qui le conduisit sirène hurlante à l'hôpital Marmottan, rue d'Armaillé, sur le même trottoir que l'église, là où Michel Piccoli rendait visite dans un film de Sautet à Romy Schneider, face au passage Doisy qui servit la fuite de Belmondo ou de Ventura dans d'autres films plus anciens. Nous apprîmes vite que Jean-François était gravement blessé et bientôt qu'il avait été renversé par ce même camion de pompiers qui prétendit le sauver. Je ne sais plus quand ni par qui est née l'idée qu'il pourrait mourir. Monsieur et Madame Pétiard accoururent au chevet de leur fils. Ils étaient habillés comme un dimanche, comme pour un deuil prématuré. Madame Pétiard était une femme discrète, modeste et aimante, je ne suis plus capable de l'imaginer dans ses vêtements d'avant, en couleurs. Monsieur Pétiard était petit, vague Francis Blanche aux lunettes épaisses, ses bretelles lui remontaient le pantalon jusqu'aux aisselles, à table il enfonçait sa serviette dans son col de chemise, avec le naturel de celui qui a l'habitude de dîner seul. Il était voyageur de commerce, représentant placier en vins et spiritueux, ne se déplaçait qu'en chemin de fer. Hercule de la mémoire, il connaissait sur le bout des doigts le Chaix, les horaires des trains du moindre chef-lieu de canton que la SNCF n'avait pas encore renoncé à desservir. Savant autodidacte, connaisseur averti et narquois de la politique, il affichait pour de Gaulle une aversion feinte qui enrageait son fils aîné.

Je courus vers lui et le rattrapai devant l'entrée de la crypte Sainte-Thérèse, un petit papier vert à la main, et plutôt que lui demander des nouvelles de son fils, je lui remis l'attestation d'assurance de la Mobylette, comme si cela avait une quelconque importance. J'ai honte de ce geste. Monsieur Pétiard l'accueillit avec bienveillance. Il avait d'autres soucis. Son fils mourait. Ma honte est intacte aujourd'hui, car je sais que je cherchais par cette démarche dérisoire à me protéger moi-même, à me laver d'une culpabilité infondée, à m'extraire d'un drame que je ne mesurais pas. Et Jean-François est mort. Qui l'a dit ? Qui l'a su le premier ? Je ne sais pas, je me souviens que quelqu'un a raconté, et c'est la première fois que j'entendais cette histoire, que la barbe des morts continue de pousser plusieurs jours après le trépas. Je n'ai pas vu Jean-François mort, je ne suis pas allé à son enterrement à Langres où le froid paralyse.

Les pompiers remontaient, depuis la caserne Champerret, la rue Guersant à contresens, gyrophare et sirène, pour aller chercher en goguette les croissants du dimanche. Ils s'amusaient de cet abus de pouvoir réjouissant, Jean-François arrivait dans le bon sens, sur sa droite, ils l'ont renversé, son corps léger fit un petit bond et retomba sur la poignée de frein effilée qui l'embrocha jusqu'au cœur. Ses lunettes ne se sont pas brisées.

On m'interrogea, on m'intimida, on m'intima de dire que Jean-François avait bu, je résistai. Jean-François n'a jamais bu, il avait suivi la messe de neuf heures, il était rasé de frais. Sa barbe aurait le temps de pousser d'ici Langres.

3

Plus de quarante ans ont passé depuis la mort de Jean-François. Mais je n'ai pas la mémoire des souvenirs. Aucune prise sur ce qu'elle retient, encore moins sur ce qu'elle décide d'expédier dans les limbes de l'oubli. L'oubli est un animal sauvage, furtif, incontrôlable et invisible, il ne se commande ni ne s'apprivoise, il efface ses traces et n'en fait qu'à sa tête. La mémoire se travaille, s'exerce, des professionnels gagnent leur vie en vous aidant à la conserver, à en alentir la perte. On peut avaler des pilules de toutes les couleurs pour conforter sa mémoire, comme disait mon cousin Maurice. Mais l'oubli ? Qui choisit les souvenirs qui bientôt vous feront défaut ? Qui vous impose de vous rappeler ce qui vous encombre ?

Ma mémoire est lestée de tout l'or de la

Loire et refuse de me restituer le nom de mon premier imprimeur. Un nom de trois syllabes, je pourrais le chanter, la musique, ça va, entre lalala et lalalère, ce sont les paroles qui m'échappent, un nom français, avec un « i » et une nasale, des consonnes fluides, je ne connais que lui, le nom passe comme l'éclair devant moi et s'efface comme un rêve. Je l'ai vu pour de bon, là, écrit sur mon front, il faudrait courir après, mais il a déjà tourné le coin, disparu. René Pedezert, Jean-Pierre Divolis, Jacky Roussel, Jacques Weber, les frères Hardy (Gérard, Philippe, Yves, Vincent), Jean-Raoul Ghénassia, Pierre Jouval, Jean Brunet, Christian Lacroix, Jean-Claude Tupin, Jean-Jacques Sill, Frank Natali, Jean-François Galerne, ils sont des dizaines, certains n'occupent plus dans ma mémoire que l'espace de leur seul nom, comme des inconnus dans un cimetière dont le badaud lit la stèle sans savoir qui. D'autres portent sur eux un détail, les chaussettes à pompons de l'un, le père plombier de l'autre, un défaut de langue, des lunettes, un genou blessé, une photo de communion, son poing dans ma figure. Certains donnent parfois involontairement de leurs nouvelles, qu'ils aient épousé ma sœur ou réussi au théâtre, l'un devient avocat réputé, on voit le frère de celui-ci à la télévision. Je tais le nom d'un autre, aux initiales doubles, dont la mère tenait un salon de toilettage pour chiens rue des Acacias et qui s'intéressa de si près à mon petit frère qu'on l'accusa trop vite d'en être bien trop près. Il s'en sortit grâce à la diligence de l'aumônier qui, dira-t-on bien plus tard, mangeait aussi de ce pain-là. Au rez du trottoir, sous la vitrine du Chien doux, un filet d'eau courait dans une cuvette de faïence jaune et noire et invitait les clébards de passage à se mouiller les babines à l'enseigne du Dog's Bar.

Le patronage de la rue Roger-Bacon, au numéro 10, puis au 18, et la colonie de vacances des Crozets qui le prolongeait, furent mes ports d'attache. Les noms propres qui précèdent, et qu'il faudra peut-être changer (qu'en disent vos avocats ?), et bien d'autres, repris dans des livres précédents, y ont presque tous fait leurs classes.

1955 était un temps raisonnable où un enfant de six ans en béret noir et cape de drap, les genoux bleuis de froid, pouvait marcher seul dans Paris sans se faire détrousser, traverser le boulevard Pereire où circulaient des trains de fer, prendre la rue des Ternes et son angle droit (le père Mouthier y représentait la maison Vérigoud qui ne survécut pas à la force de frappe de Fanta), rue Guersant où l'on vendait des caramels à un franc, des francs à vingt sous pièce. Et se rendre rue Roger-Bacon, chaque jeudi, recevoir sa dose d'éducation militaro-catholique avec abnégation.

Le patronage, à l'enseigne des Cœurs Vaillants, divisait les garçons par tranche d'âge, les Aiglons, les Cœurs d'Or, les Ardents, les Entraîneurs et les Triangles Rouges. Nous avions des uniformes approximatifs, et des foulards noués d'une bague de cuir tressé. Il fallait mériter son insigne et, moyennant quelque bonne action, un gri-gri distinctif qui portait un nom que j'ai oublié, un cœur au centre d'une croix tréflée. Les Cœurs Vaillants étaient une sorte de Scouts de France en moins bien, moins bien habillés, moins prétentieux, voyageant moins loin et plus mélangés, les deux institutions ignoraient la mixité et se détestaient spontanément, les uns enviaient les autres qui méprisaient les uns (les filles, ailleurs, se divisaient de même, entre Guides, nous disions « guidouilles », et Ames Vaillantes). Le quartier, à cheval entre ce qu'on appelle aujourd'hui le bon et le mauvais dix-septième arrondissement, se composait de bourgeois plus ou moins fortunés et de ceux qui les servent, les premiers allaient aux Scouts et les seconds aux Cœurs Vaillants. Les Cœurs Vaillants recrutaient dans un deuxième choix social que les Scouts avaient écarté et se montraient moins regardants sur la foi religieuse, l'absence de patronage laïc élargissait la clientèle. Mes parents, petits-bourgeois inconscients de leur rang pour cause de modeste extraction, nous évitèrent les Scouts.

Je me souviens mal des locaux du numéro 10 rue Roger-Bacon, sinon qu'ils étaient en bois et torchis, et jouxtaient un marchand d'automobiles chez qui bien plus tard mon frère aîné acheta sa première voiture, une Simca Aronde vert bouteille dont le tableau de bord avait été recouvert de Vénilia en faux bois. Le fils du garagiste disposait d'un circuit de train miniature qu'on descendait du plafond à l'aide de poulies de sèche-linge jusqu'à le poser sur la table de la salle à manger. Je ne sais plus son nom.

Bientôt, le patronage déménagea au 18, dans un laboratoire pharmaceutique désaffecté d'un confort frugal et pourtant inespéré. Porte vitrée sur la rue, hall d'entrée, petit cagibi sous l'escalier qui avait dû servir de comptoir de réception et abritait un des deux seuls combinés téléphoniques du lieu, noir en bakélite avec son écouteur surnuméraire métallique pendu à son support vertical, Etoile 38 70. A gauche, une porte capitonnée de similicuir vert protégeait le bureau de l'abbé T. qui n'en demandait pas tant. Par une sorte de labyrinthe que je découvris plus tard, ce bureau communiquait avec une pièce obscure, suivie d'une autre encore plus sombre où Jean Label tenait un atelier étrange qui donnait sur la cour rue Bayen avec ses panneaux de basket hors norme pour l'entraînement de l'Association sportive des Ternes. Nous sommes encore quelques rares nostalgiques à user de l'expression « Deux points pour l'AST ! », plutôt à mauvais escient, l'occurrence se faisant rare. Je crois soudain me souvenir que Jean-François Pétiard est mort en se rendant au stade de la porte d'Asnières où devait avoir lieu un match de l'AST. Au fond de la cour, un appentis abritait « le vieux Jo », un fourgon

Peugeot D4A, la face oblique, lisse et inexpressive, visage vaguement chinois.

Jean Label était une manière de majordome du patronage, il en possédait les clefs, son atelier privé, y passait chaque soir vérifier ce qui devait l'être, changeait les ampoules et régimentait les horaires, il était maigre, le cheveu rare, et, bien qu'il fût marié et père de deux garçons, on le soupçonna comme tous les adultes qui prenaient soin des jeunes garçons de les reluquer avec trop d'insistance. On a pu mesurer sa réussite professionnelle (Dieu seul sait dans quelle branche) à sa montée dans la gamme des berlines Peugeot noires : 203, 403, 404, 504... Il possédait une maison du côté de Montbard située dans l'extérieur d'un virage à ras bord d'une voie ferrée fréquentée au point que, tout le jour, on voyait de loin des convois menaçants se ruer sur sa salle à manger, et, la nuit, ceux que les rails, au dernier moment, détournaient de la chambre n'autorisaient pas une seconde de repos. Pour échapper à ces menaces de fonte et de fer, il passait ses week-ends à Paris. Il avait des gestes précis qui finissaient toujours par une palpation de votre épaule ou de votre coude. Il fumait comme une femme en claquant des talons et nous prenions conscience de notre âge lorsqu'il nous offrait pour la première fois une cigarette. Il traînait le plus longtemps possible avant de rentrer chez lui.

En face du bureau de l'abbé T. une double porte ouvrait une salle de spectacle garnie de chaises d'église où l'on donnait chaque année une fête au retour de la colonie de vacances, et, chaque jeudi pluvieux, de petits films en noir et blanc dont la bande sonore était entièrement étouffée par le claquement du projecteur. Au premier étage, une salle de réunion avait été derechef transformée en chapelle, et une plus grande baptisée « le Tipi », avec un baby-foot et une table de ping-pong. Au fond, une porte sans balcon s'ouvrait sur le vide de la cour. Au second, diverses salles étaient affectées aux Aiglons, aux Cœurs d'Or, aux Ardents… J'ai passé plus de quinze ans assidus dans cet antre, d'Aiglon geignard jusqu'à devenir directeur pédagogique de la colonie, que la sécurité ferma brutalement à la suite du bal tragique de Saint-Laurent-du-Pont, au prétexte réel qu'elle pouvait prendre feu.

J'y vécus les dix premières années dans l'ignorance presque absolue de la mixité du monde, et nos pauvres amours ne pouvaient avoir d'autre objet que nos camarades ou bien les adultes qui nous encadraient. Quelques cheftaines, une infirmière, ou la mère de l'abbé, Belinda, dont le souvenir est indéfectiblement attaché à sa recette de nouilles à la vanille, s'efforçaient non pas d'y figurer la femme mais de passer inaperçues. Je me souviens de la gifle reçue lorsque je mimai pour la galerie, les pouces tendus en tétons sur mon buste, la jolie poitrine de Françoise Gommet, la sœur de Jef Vernon. Je me souviens de Christian Montignac et de Madame Caussade, sa mère dont je ne comprenais pas qu'ils ne portent pas le même nom. L'abbé T. avait ses préférés dont j'étais et qu'on appelait les culs-bénits. Il nous prenait sur ses genoux, nous mordait l'oreille et voyait systématiquement naître en nous une vocation sacerdotale qu'il essayait de faire gober à nos parents. L'abbé T. était une figure du quartier où il resta vicaire pendant presque vingt ans, trop longtemps, avant d'être muté pour une raison qu'on n'a pas dite dans la banlieue sud. Il portait soutane, perdait ses cheveux et considérait l'éducation comme une guerre où chacun devait lui céder du terrain. Les parents lui vouaient une confiance absolue.

Pendant les six semaines que nous passions sous son autorité dans le Jura, il régnait en despote et nous étions quelques-uns à ne pas regretter d'être ses préférés. J'avais douze ans quand il fit de moi son sacristain pour la chapelle, dont il nous imposa la construction au point culminant de la prairie qui dominait les bâtiments de la colonie. D'autres, il les condamnait au pain sec et à l'eau au milieu du réfectoire, quand il n'allait pas leur flanquer une raclée qui passait pour justice. Dans sa sollicitude à mon endroit, il n'a jamais dépassé le lobe de l'oreille. Je connus, par la suite, au Petit Séminaire, où il me fit entrer, des prêtres entreprenants, leurs manières n'avaient pas les limites auxquelles s'efforçait l'abbé T., mais peut-être n'étais-je pas tout à fait son type.

J'avais quinze ans lorsque l'abbé T. fut intronisé dans sa nouvelle paroisse, à C. Un immense ventilateur pendait au-dessus de la nef de l'église. L'abbé, qui me voyait pour la dernière fois et qui ne souhaitait plus revoir ses anciens culs-bénits, me fit croire qu'un avion s'était écrasé sur le toit et que, par miracle, son hélice coincée là faisait office de ventilateur. Pour la première fois depuis dix ans, je ne le crus pas.

4

Une ou deux générations se passent, l'abbé ne revient pas, trente ans pendant lesquels on peut lire mon nom dans le journal qui m'employait, ou sur la couverture de quelques livres, si bien que certaines de mes connaissances anciennes, plus attentives, ou plus troublées par la fuite de leur enfance, ont pu avoir çà et là de mes nouvelles. Je dois ces remarques pour que la lettre, anonyme, que je vais citer soit comprise. Anonyme et dactylographiée. Elle est datée du 14 août 2006, à Neuilly :

« *C'est Jean Pujol qui m'a parlé des Spaghettis, un de ces jours de marché à Neuilly où lui et sa femme faisaient étape dans mon magasin. Cette fois, à coup sûr, j'allais renouer nos liens ; quelle chance, j'en avais régulièrement le désir. Quelques jours plus tard, j'ai entamé ton livre, et, découvrant que tu citais tes amis de jeunesse sous leur véritable identité, j'ai accéléré ma lecture pour y découvrir le mien. J'allais enfin, question récurrente, connaître la taille de ma parcelle dans le champ de ta mémoire. (...)*

« Je ne suis pas dans la première salve de noms, bon ! ni dans la seconde, ah bon ? je te lis désormais en diagonale pour me trouver plus avant et mieux traité. Vanité. Aveuglement et vanité. Je referme le livre dans un état d'amertume anéantissant mes premières velléités de retrouvailles et m'interdisant d'en apprécier la qualité. La faute à ces bouffées de nostalgie qui me viennent parfois au cœur : je sais que je ne peux revivre ma jeunesse mais souhaite en reconstituer des instants avec ceux qui en furent témoins. (...)

« C'est la nostalgie qui m'a confié les clefs de la colonie. Je m'y installe parfois, de plus en plus souvent à dire vrai, attendant que mes copains me rejoignent : j'en appelle à toi, à Stéphane et à Emile, à Bernard et à Jacques Weber, j'en appelle aux frères Brunet et aux frères Lacroix, j'en appelle à Pierre Harang et à mon frère qui ne viendra pas. C'est triste le Jura en automne, et davantage à l'automne de

sa vie. Parfois je pleure. J'habite la petite maison d'origine en tête des autres bâtiments qui la prolongent, grange et étable devenues dortoir et dortoir. J'évite le lugubre réfectoire dont les nappes poisseuses collectionnent cinquante générations de mouches. Je n'y entre que pour atteindre à l'étage le dortoir des "moyens" et m'asseoir sur un des lits de fer, écrasant de mon poids sérieux une paillasse qui s'en plaint dans l'odeur de poussière qui a remplacé celle du foin séché. Je ferme les yeux et lance le déroulement des vacances vécues ici : succession de courtes séquences sur notre intimité collective, d'extraits de nos relations dont nous ne soupçonnions pas le prix, se présentant dans un désordre total, rêve plutôt que film. Je regarde par une des fenêtres la prairie contenue sur son grand côté du fond par un relèvement de terrain sur lequel nous avions construit nous-mêmes une chapelle. Nous brassions le ciment devant les bâtiments, au débouché du chemin de la source, et en remplissions des moules à parpaings. Après séchage, il nous fallait démouler et acheminer ces gaufrettes minérales en souffrant sur cette pente que nous adorions dévaler à chaque pluie sur des planches de bois fartées au savon (sommes-nous les précurseurs du surf alpin ?). Une année, nous avions refait le plancher de l'étage du deuxième bâtiment intermédiaire et, à un moment où j'y travaillais seul tu étais venu me rejoindre, on se retrouvait à chaque opportunité, l'abbé avait surgi dans l'espoir de nous surprendre, mais notre amitié était aussi platonique qu'absolue et il avait juste réussi à me faire si peur que j'avais lâché mon chasse-clou qui, après rebond, l'avait atteint, faisant apparaître une goutte de sang sur son crâne dégarni. Un psy malin y aurait vu une étoile rose et un soupçonneux une intention meurtrière. Etait-ce le même jour, ou au cours du même été, que je t'apprenais que "malgré que" requérait le subjonctif? Ensuite, dès que quelqu'un commettait la faute, nous nous souriions, ravis de cette petite pierre supplémentaire au monument de notre complicité.

« Manifestement ce dernier ne se dresse plus dans ton cœur ou ta mémoire, je confonds parfois sentiment et intellect, peut-être en raison de l'expression "mémoire de cœur", et je crains que nos quelques dizaines de mois de symbiose et d'osmose ne me permettent pas de réintégrer ta vie. Trop de choses s'interposent, le temps, bien sûr, et peut-être les opinions reli-

gieuses ou politiques. (...) Encore une pensée comme plus haut et mes larmes transformaient ce torchon en éponge : oh ! l'émotion... le seul élément intact. Pourtant trop vieux, trop rigide, je ne tenterai aucun rapprochement, mais je porterai jusqu'au bout notre histoire. J'en situe l'apogée entre 1962 et 1965. Cette dernière année, tu avais 16 ans et tu découvrais les filles avec fureur. J'ai oublié son prénom mais je revois le visage de ton unique préoccupation. Alors, Gribouille de l'amitié, je rompais nos relations plutôt que de les voir décliner ; je désertai la rue Roger-Bacon et nous ne nous sommes jamais revus. J'ai souvent procédé par éradication avec mes amis. (...)

« Certains matins, j'envoie les couleurs. Vous êtes au garde-à-vous, disposés en U, et je suis seul au pied du mât, sur le quatrième côté, vers la vallée, au bord d'un petit à-pic qui nous sert de décharge d'ordures. C'est un honneur d'être choisi pour cette cérémonie et j'y renonce plusieurs fois par semaine, conscient de ne pas le mériter systématiquement. Un de vos alignements tourne le dos au vieux Peugeot D4A, dont j'aperçois la face avant très oblique, lisse et inexpressive, un visage chinois transformé en automobile par

un sorcier de Sochaux. Lors du raid à pied à Genève, il nous apportait chaque soir de quoi établir le campement, tentes et provisions, et nous éprouvions à son arrivée un soulagement comparable à celui des soldats américains lorsqu'un hélicoptère les retrouvait dans la jungle vietnamienne. Raison pour laquelle j'aime encore ce vieux véhicule que je devrais remettre en marche. Pour l'instant j'utilise la Juvaquatre, que je laisse sur la route qui conduit aux Crozets à l'extrémité opposée de la terrasse. Etais-tu présent le dimanche où elle a perdu une roue, risquant de nous faucher quand nous rentrions à pied de la messe au village ? Entre le camion et l'arrière de la colonie auquel il s'adosse, je vois le "bâtiment sanitaire", grands mots pour si peu d'hygiène et ce petit local, à toit de fibrociment en pente unique, de 10 mètres sur 2, comportant à l'extérieur une auge émaillée blanche, alimentée par une rampe de robinets et, sur le mur de gauche en entrant, la succession de cinq douches et de quatre WC avec, au fond, la capricieuse chaudière. C'est du moins ce que prétendait l'abbé T., ne manquant aucune séance de douche au prétexte des réglages, passant et repassant constamment devant les cabines protégées par un rideau de la taille d'un mouchoir en nous enjoignant : "Le slip sur la barre et frotte-toi bien !" Frotte-toi aussi, salaud, et plus besoin d'amidonner ta soutane (...).

« Je m'étonne de la quantité et de la précision des détails qui me reviennent à l'esprit mais je reste fixé sur l'essentiel : Bernard, Stéphane, Emile et toi délimitiez le quadrilatère qui contenait mon adolescence et dont j'ai souhaité m'éloigner. Quelle suffisance, quelle imprudence, mais ne plus vous voir était mon choix et m'affectait assez peu. En revanche, découvrir que tu m'avais parallèlement rayé de ton univers m'a semblé ignoble (...).

« Je vais continuer seul à ramasser les miettes de notre jeunesse, quand nous étions entiers. J'ai vraisemblablement abusé mais comment contenir 40 ans de rétention dans un texto ? Et encore me suis-je sévèrement autocensuré : pas un mot sur la FIAT 1500L noire que je te disais poussive au regard de la 403 à double carburateur de mon père, et rien non plus sur ton drôle de petit chapeau dont je tais la couleur (que me resterait-il en cas de suite ?).

Nos cœurs vaillants

« *Banni de ton enfance et radié de ta mémoire, mes salutations sont nécessairement anonymes... mais franchement amicales.*

« *Neuilly, le 14 08 2006* »

La Fiat de mon père était un peu poussive, certes, mais elle était bleue, c'est le petit chapeau qui était noir. Pour le reste, c'est un peu plus compliqué. « Malgré que » ne requiert rien du tout, et, malgré qu'on en ait, seul Philippe Djian peut se l'autoriser avec insouciance. Je devinai heureusement très vite qui est l'auteur de cette lettre, ce qui m'évita de le prendre pour fou, mais me permit de l'accueillir pour qui il est : un garçon que je n'avais pas oublié. Je compris tout aussi tôt qu'on ne répond pas à une lettre anonyme.

5

Une parcelle «*dans le champ de ma mémoire*», dites-vous ? Mais non, mon pauvre, elle est en friche. J'ai recopié toutes ces phrases, presque toutes, avec la légèreté qu'on a lorsque la responsabilité des mots appartient à un autre. Je les ai allégées d'incises qui se voulaient flatteuses, de digressions qui nous éloignaient du cœur des choses. Peut-être aurais-je dû garder celle-ci :

«*Je ne prétends pas à l'originalité en parlant d'un prêtre pédophile, mais c'était le nôtre et aussi l'occasion d'indiquer que plus tard Foley de la Pranouse fut mon camarade de classe en terminale et que, décidément, les records sont faits pour être battus.*» Ronald Foley de la Pranouse est médecin, français et religieux. Il fut condamné par la cour d'assises des Yvelines en juin 2005 à huit ans de prison et 134 000 euros d'amende pour le viol de six jeunes Ivoiriens que lui avait confiés en Afrique l'association VLE, « Vive l'enfance ». L'abbé T. ne fut jamais inquiété, et ce n'est que justice. Aux dernières nouvelles, il comptait encore patiemment les vieux jours qui font les centenaires dans un presbytère près de Saint-Dié en compagnie d'une gouvernante dont je ne sais rien. Les soupçons que je ne soupçonnais pas et qui se portent sur lui ont un demi-siècle, dans un temps où la pédophilie était encore un crime subalterne, loin des vitrines où l'ordre moral l'a placée aujourd'hui.

J'ai recopié toutes ces phrases sans les amender, le mot roman qui figure sur la couverture du livre m'autorise probablement à les réécrire à ma main, mais, comme les noms propres dont le changement risquerait de faire disparaître la figure même de ceux qui les portaient (et, je leur souhaite, les portent encore), cette lettre n'existe que parce qu'elle est vraie, et ce livre lui répond.

Elle m'étonna doublement : ce ton de dépit amoureux ressuscité ou entretenu si longtemps après qu'on ne s'est plus vu ne fit naître en moi aucun sentiment réciproque, mais une curieuse émotion qui ne concerne que le récitant. D'autre part, je n'avais jamais envisagé l'abbé T. dont, bien sûr, le nom figure en entier dans le texte, en pédophile. Les pages qui précèdent le disent un peu, mais elles ont été rédigées après coup.

Je n'avais pas l'intention d'écrire un livre de souvenirs, encore moins d'écrire un livre, seulement de prendre quelques notes, de dégourdir le muscle ankylosé. Mais ces dérives nous échappent, nous entraînent vers des continents qu'elles choisissent contre notre gré, contre nos vents et nos marées, et la seule boussole, la seule carte marine ouverte sous mes yeux est cette lettre.

Voyons.

Les Spaghettis sont ceux d'Hitler qui donnèrent naguère un titre à un livre. Jean Pujol est mort. Plusieurs années après son décès, à l'occasion d'une visite dans une maison que je n'habitais plus, d'où on ne me faisait plus suivre de courrier, j'ai retrouvé un faire-part qui m'invitait à ses obsèques. Jean Pujol était le père de six enfants qui fréquentèrent tous plus ou moins le patronage. Lui-même en était une figure, côté parents, vif, bien plus jeune que mon propre père, j'enviais ses fils de pouvoir partager avec lui des parties de ping-pong qu'il jouait, comme Columbo, sans quitter sa gabardine. Il avait une allure de cycliste malin, un peu voûté, penché plutôt, un imperméable au col relevé, et un cartable fatigué pendu au bout du bras, il bougeait sans cesse dans l'unique but de garder l'équilibre que sa tendance à aller de l'avant menaçait, il était souriant et donnait d'une voix de nez des conseils bienveillants. Des conseils plus que des leçons, il avait même inventé ce métier de donneur de conseils en entreprise, son premier, et peut-être unique client, était un fabricant d'anoraks. Anorak et parka sont des mots utiles au Scrabble, ils nous viennent de l'inuit, quand le finnois ne nous en donna qu'un, sauna.

Je ne me souviens pas du prénom de Madame Pujol, je ne l'ai peut-être jamais su, je me rappelle son accueil boulevard Pereire où je vis pour la première fois des lits superposés. Défaits. Une femme longue et brune, élégante et affectueuse, joliment flétrie, je la revois, avec d'autres mères, fabriquer des chips pour la kermesse, comme un miracle sorti d'une monstrueuse friteuse quand je croyais que seuls des sachets industriels étaient capables de produire de telles friandises. Aux kermesses, on entendait chanter le trio des Horaces et Pierre Selos dont j'achetai les disques, on faisait courir un hamster ahuri dans un labyrinthe, et nous concourions pour le titre de meilleur vendeur de billets de tombola, récompensé par un ballon de foot cousu cuir. Il faudra que je m'en souvienne lorsque mon fils aura quinze ans. Je me rappelle les prénoms de leurs six enfants : Françoise, Emile, Marie-Odile, Stéphane, Bernard et Claire, ou Claire et Bernard.

Françoise fut « cheftaine » aux Cœurs Vaillants, petite brune pétillante. Nous étions tous amoureux de Marie-Odile, surtout l'un d'entre nous. Bernard et Claire étaient petits. J'admirais Emile, de quelques années mon aîné, j'aurais voulu lui ressembler, être lui, être beau comme lui, doué pour tout comme lui, me mouvoir dans l'espace avec sa miraculeuse fluidité, me prendre pour le prince Eric. Emile fut mon « dirigeant », il m'apprit le bridge et la marche à pied, il me fit tourner tout autour du mont Blanc. A la colonie, il nous enseigna l'art des marionnettes (qu'il improvisait tout à trac, il n'était pas marionnettiste), j'avais choisi de fabriquer en papier mâché (des lambeaux de journaux amidonnés de colle Rémy que nous ajustions sur une chaussette remplie de sable et fichée à l'aide d'un bâton dans une bouteille vide) une poupée aux traits de l'abbé T. Aujourd'hui que je cherche dans mes souvenirs le visage du prêtre, c'est la face grossière de ce pantin qui me revient : la bouche arrondie, trop grande, ouverte à force de gueuler, une seule dent au râtelier, la calvitie mal recouverte d'un béret noir, une soutane sommaire, cousue de fil blanc, et vide, lui serrait le cou. J'introduisais ma main gauche sous cette jupe, mon pouce dans le bras droit, l'index dans le col et le majeur dans l'autre bras, pour donner vie à cet abbé qui n'en manquait pas. Nous avions douze ou treize ans et écrivions de pauvres dialogues pour les saynètes qu'on présentait cachés dans l'ombre du castelet. Emile les corrigeait, nous apprenait le respect dû à chacun et l'irrespect du fou pour les rois. Je crois me souvenir que l'abbé T. n'appréciait guère sa caricature mais toléra cette moquerie puisqu'elle venait de ceux qu'il préférait.

Plus tard, Emile eut l'amitié d'oublier notre différence d'âge, il me traita comme un jeune ami, m'associa à un projet de tournée de marionnettes, des vraies, cette fois, en Côte-d'Ivoire. Je ne sais pas si l'affaire se réalisa, en tous cas sans moi. Il me racontait pour me convaincre les miracles du Père Savate, qui savait lire l'avenir, voire guérir les souffrances de toute personne dont on lui présentait la chaussure. Etudiant, il louait une chambre rue de l'Abbé-de-l'Epée, où il me fit découvrir Félix Leclerc, Barbara et les barricades qu'on édifia au coin de la rue, je n'y fus guère assidu, lui si. J'avais en 1968 une quatre-chevaux noire, nous nous y entassions (à l'époque lointaine de sa sortie, le modèle se présentait ainsi : 4 CV, 4 portes, 4 places, 400 000 francs, mais nous étions cinq) pour aller porter la bonne parole aux grilles des usines. Une nuit, à Flins, sans que nous réussissions à rejoindre nos troupes, le bruit courut que l'un des nôtres avait été poursuivi par la police jusqu'à tomber dans la Seine et s'y noyer. Emile me prêta un disque de Beethoven. Je l'ai toujours. Je ne le revis jamais, on m'a parfois rapporté qu'il s'établit dans une usine près de Grenoble où l'on fabriquait des bidons d'huile, ou qu'il retourna en Afrique. Qu'il en revint. Qu'il n'a pas toujours été heureux.

Stéphane Pujol a un an de moins que moi. Il passait avec sa famille des vacances d'été dans un chalet loué au Grand-Bornand, où l'on tenait table ouverte. Je n'y suis jamais allé, mais ce nom de Grand-Bornand est malgré tout entré dans ma mémoire, sans autre raison que des amis d'enfance s'y rendaient. Je me rappelle aussi Fort-Mahon où je ne mis pas plus les pieds, mais où d'autres allèrent, Bernard Weber, Christophe Casanove, mon frère Pierre, Dieu sait qui, et des Andelys qui n'a rien à voir, où un jeune homme que je ne connais pas est mort hydrocuté dans sa baignoire. C'est au Grand-Bornand que Stéphane Pujol attrapa une violente vocation de guide de montagne. Pendant quarante ans j'ai cru qu'il l'était devenu. Il a repris la voie (et la voix ! formidable de mimétisme, que j'ai entendue, depuis, à deux reprises au téléphone) de son père et publié à compte d'auteur un livre à la gloire du conseil en entreprise. J'aimais Stéphane d'amour, du seul amour que je pouvais envisager en cette société sans femmes, je rêvais de lui, jamais ne le lui dis. Plus tard, à douze ans, mais il ne le sut pas, au Petit Séminaire où nous vivions en short, j'ai gravé son prénom au sang, avec un coupe-ongles sur ma cuisse gauche : Steph.

Et m'attirais ainsi maints quolibets, regards suspicieux et propositions diverses, mais passons, le Petit Séminaire ne figure pas dans la lettre que ces lignes tentent de déchiffrer. C'était quelques années avant que je « *découvre les filles avec fureur* ».

6

Bien sûr qu'on ne répond pas aux lettres anonymes. Mais faut-il les lire ?

J'ai relu cette première phrase : « *C'est Jean Pujol qui m'a parlé des Spaghettis, un de ces jours de marché à Neuilly où lui et sa femme faisaient étape dans mon magasin.* » Je n'ai pas la moindre idée de ces magasins où l'on peut faire étape, ni des jours de marché à Neuilly-sur-Seine. J'apprends dès les lignes suivantes que l'auteur chercha des noms propres dans mes livres et qu'il fut dépité de n'y pas trouver le sien. Peut-être le trouvera-t-il ici. Je me proposai de faire de même et de brasser quelques fantômes comme on vient de le lire à propos des Pujol. Mais juste avant d'en rencontrer un second, je lis : « *C'est elle, la nostalgie, qui m'a confié les clefs de la colo.* »

La colonie est un ensemble de trois corps de ferme, dans une vallée du Jura, deux d'entre eux sont accolés, « les Coupets », et le troisième, « les Salés », à mi-chemin du village des Crozets, quelques centaines de mètres en retrait. J'y fis de longs et nombreux séjours, de l'âge de six ans jusqu'à vingt-deux, et m'y rendis quelques fois depuis, poussé par cette nostalgie qui en confie les clefs au rêve, même si depuis des lustres les Coupets ne ferment plus à clef. Je pourrais décrire les lieux mètre carré par mètre carré, les coins arrondis par la patine du temps et des ombres, bien embarrassé de choisir par quel bout commencer. Mais à quoi bon, malgré le peu de maîtrise que l'on a de ses souvenirs, je suis certain, allez savoir pourquoi, de ne pouvoir en oublier le moindre détail, les plus petites étapes de transformation des lieux, capable d'en dessiner les plans successifs. Tout est là, dit-il, en se frappant le front de l'index, à deux doigts de la tempe où s'imprime le signe des fous.

Je n'ai jamais écrit aussi lentement, les images qui défilent s'encombrent, se chevauchent, s'engorgent, et dansent leur langoureux vertige, je suis incapable d'en choisir une, de la décrire, d'en attraper une autre, puis une autre, entre chaque mot que je tape sur mon clavier une nouvelle image s'immisce et je m'arrête pour l'observer, attendre que des fantômes s'y meuvent, paralysé par le devoir imbécile de la montrer, elle reste gonflée dans ma gorge et refuse de descendre vers la main qui écrit.

Je passai ma première saison aux Salés. L'abbé T. avait choisi d'y loger les plus petits des colons ainsi que les rares représentantes du sexe. Sa mère Belinda et les monitrices qui avaient en charge ces garçons de six à neuf ans. Les enfants logeaient dans deux chambres au rez-de-chaussée, rez-de-chaussée sans chaussée, seul un chemin de terre desservait la maison sans eau et sans électricité. Une source de l'autre côté du chemin déversait un filet d'eau glaciale dans un tronc d'arbre évidé, du haut de nos trois pommes nous y lavions nos dents, ce qui dépassait de nos culottes courtes et de nos maillots de corps. Une ou deux fois la semaine, nous descendions jusqu'au ruisseau pour des ablutions à peine plus poussées, sinon les pieds nus à riper sur les galets. Les femmes partageaient les trois petites chambres au-dessus des nôtres, la chambre du milieu à Belinda, celle de gauche à l'infirmière, et la plus grande, à droite, aux monitrices : Françoise Gommet, Françoise Pujol, Françoise Paraguélos, et bien d'autres selon les années, à qui on autorisa d'autres prénoms. Le reste du bâtiment était alors à l'état de grange et de grenier où l'on creusait des niches, minuscules labyrinthes entre étais branlants, galandages et bottes de foin rance, assez grands pour qu'un enfant s'y perde. A sept ans, j'y avais installé un autel où, contre un trait de dentifrice sur la main, que je léchais derechef comme une friandise méritée, je disais des messes inventées dans un latin de carnaval, devant mes camarades jubilants et effrayés par cette audace sacrilège.

Cette organisation des lieux était curieuse car elle imposait aux plus jeunes des colons au moins trois fois par jour des allées et venues d'un bon kilomètre vers les Coupets où l'on prenait nos repas. C'était le prix à payer pour éviter tout contact nocturne entre les femmes et les plus grands. Plus tard, on aménagea un dortoir dans la grange qui donnait sur les prés, on fit venir le courant électrique et une petite pompe envoya l'eau de la source jusqu'à une batterie de robinets dans une auge à l'extérieur du bâtiment. Adolescent, en dehors des séjours organisés, je passai le reste d'un été dans ces Salés, avec mon ami Jef (Jean-Pierre Gommet) dont il me reste une photographie où je joue de la guitare, moi qui n'en ai jamais joué. Nous passions nos journées à chasser, sans trop de maladresse et sans quitter notre lit, les moustiques et les taons à l'aide de gros élastiques tendus comme des arcs. Enfant, aux Salés, j'ai fait partie de l'équipe des Chevreuils, dont le cri de ralliement était « Chevreuils ! En avant ! », poussé par notre chef Gérard Sentier, que nous n'aimions pas et que nous respections craintivement pour la seule raison qu'il était le neveu de l'abbé. Plutôt que s'en vanter, je crois bien qu'il souffrait de cette parenté. Je n'avais encore jamais vu de chevreuils, que je prenais pour des tigres.

Bien plus tard, lorsque je pris la responsabilité de la colonie, je maintins la tradition des petits aux Salés et la règle que les jeunes filles qui les encadraient y dorment, avec la dérogation secrète que chaque nuit je rejoignais l'une d'elles dans ce qui fut la chambre de Belinda, et sautais au petit matin par la fenêtre rejoindre mon poste aux Coupets.

Aujourd'hui, et depuis vingt ou trente ans, les Salés sont la propriété d'un couple de Lyonnais qui y passe une retraite écologique avant l'heure. Ils ont aménagé l'endroit, je suppose, selon les conseils que donnaient dans *La Gueule ouverte* Pierre Fournier ou Jean-Marc Reiser. Je les ai vus parfois, mal acceptés par les villageois, peu causants, ils cherchent à vendre cette maison d'hivernage sévère où ils préfèrent la compagnie des animaux à celle des hommes. Ils m'ont toujours bien reçu, curieux d'un homme qui connaît un peu l'histoire de leur repaire, sur le pas de leur porte. Ils finirent même par acheter les Coupets, pour y mettre des chevaux et se garantir contre d'éventuels voisins indésirables.

J'avais huit ans lorsque je fus admis, le plus jeune, à rejoindre « le dortoir des moyens », aux Coupets. Je ne sais ni comment ni pourquoi je suis passé du statut de colon geignard qui appelait son grand frère à la rescousse, puis lui niait le droit de s'en mêler, à celui de cul-bénit. Un miracle de l'abbé T. que je n'ai pas vu venir. Certainement pas grâce aux messes noires que j'avais données clandestinement les années précédentes aux Salés. L'abbé, malgré ses airs de baroudeur enjuponné, semblait très pieux, du moins peu enclin à déroger à ses obligations liturgiques. Il disait une messe chaque jour, lisait en latin les heures d'un bréviaire auquel il devait ne comprendre goutte, et chaque dimanche emmenait tout son monde à l'église du village, après inspection des oreilles de chacun, pour une messe obligatoire dont le meilleur moment était, à la redescente, l'arrêt chez Marie-Thérèse Javourez, l'épicière du village qu'on n'identifiait pas encore comme indécrottable vieille fille et qui se résignait, avec une sévérité bougonne et aimante, et l'aide de son père, l'œil bleu et la moustache jaunie de tabac, à délester d'une partie de son argent de poche la centaine de garnements à peine absoute du péché de gourmandise de la semaine passée et le ventre noué sur une maigre hostie. Je me souviens d'un jeudi saint (entre les séjours d'été, certaines années, un camp dit « de Pâques » réunissait à la colonie les meilleurs d'entre nous) où, parmi d'autres culs-bénits, j'avais été choisi pour représenter un apôtre à la cérémonie du lavement des pieds. L'abbé, qui y tenait le rôle de Jésus, nous avait installés dans le chœur de la petite église des Crozets, fait déchausser notre pied gauche afin de l'effleurer symboliquement d'un manuterge humide d'eau bénite. Parvenu à mon pied, il décréta qu'il était sale et le frotta violemment jusqu'au sang, sans me quitter des yeux. Un cierge énorme, croisé de grains d'encens, empalé sur un chandelier, attendait que quelqu'un ressuscite pour qu'on l'allume.

Les deux bâtiments des Coupets se jouxtent mais ne communiquent pas, ils sont construits sur le même modèle que celui des Salés, et que la plupart des fermes du Jura bâties dans une légère pente, dans un pays qui n'en manque pas, afin que le grenier qui servait de grange à foin offrît une entrée de plain-pied aux charrettes débordantes. Cette grange cache souvent un grenier fort, une pièce entièrement empierrée où l'on protégeait d'un éventuel incendie les semences de la saison prochaine. Dessous se tenait l'étable sombre, avec une trappe au plafond d'où coulait le foin séché, et, au-dessus des stalles au bois usé par d'incessants mouvements d'encolure, des châlits rudimentaires servaient de couche à l'année longue aux garçons de ferme. L'hiver, les paysans venaient y dormir afin de profiter de la chaleur que respiraient les bêtes. L'autre moitié du bâtiment se partageait en trois ou quatre pièces, plus nobles, deux au rez-de-chaussée, en terre battue, une ou deux autres à l'étage contre le grenier fort, des chambres où aucun étranger jamais ne serait admis. En bas, seule la cuisine était chauffée, le poêle à cercles de fonte sert également de cuisinière où une marmite noire, culottée, tient en permanence de l'eau au chaud, quand elle ne pend pas à la crémaillère d'une cheminée ouverte. Une ampoule au plafond dans les villages servis en électricité, le plus souvent une lampe à pétrole un peu chiche. On serrait dans l'autre pièce, froide, un pot de lait couvert d'un linge, des fromages derrière un petit grillage, des carottes dans le sable, des pommes de terre, un saloir où jaunit en morceaux racornis le cochon de l'année, et quelques bûches pour les jours terribles de grand froid où l'on ne met pas le pied dehors, le gros du bûcher, impeccablement aligné, calibré, s'entasse sous le balcon devant l'étable. Ici, le bois se compte par cordes, dont l'unité de mesure peut varier d'un canton à l'autre, une corde, aux Crozets, vaut quatre stères. Il n'était pas rare de trouver dans ces maisons, la plupart isolées, un tour de diamantaire, ou de menuisier, pour un second métier pratiqué l'hiver. Jusqu'aux dernières décennies du vingtième siècle, Les Crozets furent la capitale mondiale et incontestée de la fabrication de manches de tampons, avant que la plasturgie vienne supplanter le travail du bois, puis disparaisse à son tour.

De mon temps, comme disent tous ces vieux qui nous saoulent avec leur souvenirs édifiants, les trois bâtiments de la colonie avaient déjà perdu l'état de ferme que je viens d'évoquer. Le début de leur transformation en camp de vacances date de l'immédiat après-guerre, de l'époque du prédécesseur de l'abbé T., l'abbé de Saint-Pourçain qui les tenait de sa famille. Je n'ai pas la moindre idée de la raison pour laquelle le nom de ce probablement saint homme, que je n'ai pas connu, traîne encore dans ma mémoire. La mémoire et la raison ne se fréquentent guère. Non, le souvenir que j'ai de ces fermes jurassiennes est vif et correspond pas à pas à la maison de Cyrille Verchère où nous faisions étape, lorsque chaque année nous nous rendions à pied à Genève en deux ou trois jours par les sentiers, résignés, fourbus, alignés comme des chenilles processionnaires.

7

La lettre que j'ai recopiée plus haut ne mentionne pas Cyrille Verchère. Son auteur avait-il déjà quitté la colonie lorsque nous commençâmes à nous arrêter chez lui ? Peut-être ne lui était-il rien. Ou l'un de ces personnages subalternes que nous pourrions évoquer s'il voulait bien un jour se démasquer et me revoir ? Ou alors je fais fausse route en pensant connaître l'auteur de la lettre.

Cyrille aurait aujourd'hui cent sept ans, et puisque l'on sait que les choses ne durent pas cent sept ans, je le tins pour mort bien avant qu'on ne m'annonce explicitement son décès. Du temps de l'abbé T. nous ne passions pas chez Cyrille pour nous rendre à Genève, nous suivions consciencieusement la route goudronnée, poursuivis par le vieux Jo, le fourgon cacochyme de la colonie, qui soufflait plus que nous dans les lacets de Septmoncel, patrie du célèbre anticlinal dit « le Chapeau de Gendarme » et du jurisconsulte Désiré Dalloz, éditeur du Code civil, ou ceux du col de la Faucille, avant de nous pousser, morts de fatigue, somnambules insolés, jusqu'à Ferney-Voltaire où nous dormions en sardines sur le lino de la salle de sport. Je ne savais rien, ni de Ferney, ni de Voltaire. Je ne songeais qu'à me battre pour attraper un coin de tatami où reposer mes os meurtris. Le lendemain, ceux d'entre nous qui n'étaient pas punis « sortaient dans Genève », dépensaient en francs suisses le reste de leur argent de poche, en chocolats, cassates et Craven A, dégobillés dans le car du retour qui empruntait les mêmes lacets à une autre allure. Je me souviens qu'en ces années glorieuses, les francs suisses et français frôlaient la parité.

Plus tard, l'abbé T. fut remplacé par un civil diplômé, Jean-Louis Piednoir, à la tête de la colonie, un homme droit, marié, dont les enfants apparurent un peu plus nombreux chaque année, il portait des shorts et des nu-pieds, fumait la pipe et parlait d'une voix sûre et grave, avec toujours une petite perle de salive à la commissure des lèvres. Il chantait faux et peu. Piednoir croyait en Dieu mais savait contenir le nouvel aumônier qui n'en demandait pas plus dans un rôle d'aumônier, il comprenait mal que l'on perdît la foi mais ne nous encourageait pas à la retrouver. Il était et demeure socialiste, nous n'en avions jamais vu. Il enseignait les mathématiques et nous apprit les sentiers, la boussole, le chemin des trente-deux contours, la marche à l'ombre, la vertu de l'effort et le droit de se reposer. Il nous fit traverser les crêts, apprécier les combes, et dormir chez Cyrille.

Cyrille vivait seul dans sa ferme, à flanc de montagne, entre Bellecombe et Lélex. Il y était né, l'avait quittée pour apprendre toutes sortes de métiers techniques qu'il exerçait avec une habileté de magicien en rêvant de devenir aviateur. Déplacé en Allemagne par la guerre et le STO, il en revint fatigué et bilingue, il avait perdu l'odorat dans des gaz toxiques respirés et sa ferme avait brûlé, ses parents étaient morts, peut-être même dans l'incendie. Cette maison au bout du monde, sans électricité (le premier poteau télégraphique à une heure de marche), sans eau, une source en contrebas au creux de la combe, était devenue une maison de fin du monde. Cyrille posa sa besace et ses rêves de voler. Il entreprit de reconstruire la bâtisse à l'identique. Seul.

Il y parvint. Seul. Déblayer les décombres, choisir sur pied les fûts de pesses et de feuillards où il débiterait le solivage, la charpente et les planchers, les abattre, approcher les billes du chantier, attendre qu'elles sèchent, les écorcer, les équarrir, tailler mille et une tuiles de tavaillon, voilées à la hachette sur un billot scarifié. Seul. Apporter de Lélex ou de Bellecombe les matériaux que la forêt n'offre pas et le matériel de commerces éloignés, emprunter un cheval, ou bien à skis, peau de phoque et traîneau, l'hiver, des skis qu'il sculptait lui-même dans des douelles de barriques. Une fois, une seule, après avoir tout tenté pour y échapper, il se résigna à demander de l'aide à son lointain voisin le plus proche pour hisser la poutre faîtière, ce qu'ils firent dans un silence de gêne suivi du remerciement profond du verre de gentiane qu'on refuse (« Une autre fois ») et d'un coup d'index sur la visière de la casquette, raise high the roof beam, carpenters.

Cyrille remit tout en état, celui que j'ai dit tout à l'heure au prétexte de généralités sur les fermes jurassiennes. Il y vécut dans l'angoisse de l'incendie puisqu'il se savait incapable de percevoir une éventuelle odeur de brûlé. Il eut du bétail, cultiva un jardin, et même du blé les premières années, petit, râblé, fort et déterminé comme un âne en casquette, il vivait dans l'orgueil d'une profonde humilité. Il vieillit lentement. Passa de plus en plus souvent le pire de l'hiver dans la vallée, embauché dans l'un ou l'autre de ces moulins d'artisans que meut l'eau vive de la Valserine, à manier la fraise de précision ou ravauder quelque machine-outil défaillante. Il aimait la solitude plus que tout, et presque autant la compagnie, les visites, à condition qu'elles fussent singulières et espacées. Malgré l'amitié qui le liait à Jean-Louis Piednoir, il se lassa au bout de peu d'années de cette étape obligée de huit douzaines de gamins exténués, trimbalant à bout de bras une gourde ou un quart en aluminium sonnant faux, en quête d'un robinet qui n'existait pas, et des plus grands qui promettaient sans qu'on les croie de ne pas fumer dans le foin qui leur servirait de paillasse.

J'ai continué pendant longtemps à rendre visite une ou deux fois chaque année à Cyrille, bien après la fermeture de la colonie. J'y passais avec l'un ou l'autre de mes camarades, ou une amie, une soirée et une nuit dans le foin.

Nous arrivions par Bellecombe, laissions la voiture chez Gros, une ferme tenue dans la combe au-dessus de sa maison par des cousins de Cyrille. Il avait là sa boîte aux lettres, qu'il visitait à l'occasion, aucun facteur ne se serait aventuré plus avant. Les Gros nous confiaient son courrier, s'il y en avait, ils nous remettaient une bouteille de lait (Cyrille n'eut bientôt plus de bêtes), un morceau de beurre perlé de rosée dans du papier sulfurisé, six œufs et un quartier de fromage, du bleu de la fruitière. Nous lui avions acheté un ou deux paquets de tabac gris et une miche de pain à la ferme du Collège, le meilleur pain que j'ai connu, luisant, presque gras sous le couteau, il semblait cuit pour ne jamais sécher, énorme, on le coupait serré contre soi en tirant sur le manche de l'Opinel, avant de le coucher dans un torchon. Nous passions la crête au crépuscule et descendions chez Cyrille avec la peur de se perdre dans les bois, sans se perdre pourtant. Il n'avait pas encore allumé sa lampe, nous recevait près de sa porte comme s'il nous attendait. Il m'intimidait, sa simplicité lumineuse imposait le respect, il n'était pas dupe du « personnage » qu'il pouvait représenter pour un Parisien en goguette, en jouait un peu, n'en joua plus guère après que nous nous connûmes mieux. Ses mains gardaient en creux la forme du dernier outil qu'il avait manié, ouvertes après avoir posé le merlin, douces s'il venait de traire, serrées quand un travail d'aiguille ou d'horlogerie restait en suspens.

La nuit tombée, il nous faisait une omelette à sa façon, dans une pénombre que seuls ses petits yeux plissés parvenaient à transpercer : les œufs mal battus, la poêle noire sur la flamme du foyer, il laissait fondre le beurre jusqu'à ce qu'une première buée brune s'en échappe, versait alors l'appareil d'un geste fricassé et torchait la jatte avec un croûton de pain qu'il jetait aussitôt dans la poêle. Au partage, il s'arrangeait toujours pour que le croûton, gorgé comme du pain perdu, finisse dans son assiette, plus par gourmandise que par courtoisie. Je ne me souviens pas avoir jamais apporté de vin chez Cyrille, ni que nous en ayons manqué.

La soirée s'enveloppait de fumée de tabac et tintait longtemps de petits verres d'une gentiane distillée dans le voisinage. Cyrille pouvait parler de tout, sa conversation centrifuge partait toujours du lieu où nous étions, il nous donnait des nouvelles des voisins, des gens que nous ne connaissions pas ou très peu et qui le temps d'un soir devenaient nos familiers, il nous disait qui était mort (il allait sans déroger à tous les enterrements), nous nous sentions presque coupables de ne pas nous en être inquiétés depuis notre dernière visite. Puis il s'éloignait peu à peu dans le temps pour dire l'hiver passé ou la dernière guerre, dans l'espace en commençant par Genève, de l'autre côté des monts Jura, et finir dans les étoiles qu'il connaissait toutes par leur nom et saluait chaque soir avant de se coucher. Il se tenait Dieu sait comment au courant de l'actualité, il n'avait pas de radio, lisait des journaux de hasard que lui abandonnaient ses visites, et gardait précieusement tous les numéros de *La Terre*, hebdomadaire communiste et agricole dont il était l'abonné.

Je lui laissais toujours les deux ou trois livres que j'avais avec moi, et parfois même lui en apportais que j'avais choisis pour lui. Je me souviens d'un essai assez compliqué sur le guidage des fusées et autres aéronefs extrastratosphériques. Cyrille s'intéressait à tout ce qui vole, des busards aux navettes spatiales. Il avait volé pendant la guerre, réparé des moteurs d'avions. A ma visite suivante il me montra dans le livre quelques erreurs qu'il y avait relevées et auxquelles je n'entendais rien.

Et puis il montait dans sa chambre que je n'ai jamais vue, au-dessus de la cuisine, et nous allions dormir sur la grange. Un soir, il me raconta qu'il possédait quelques louis d'or, qu'il les avait enterrés près de sa maison et qu'un calcul trigonométrique assez simple permettrait, à sa mort ou après que sa maison aurait brûlé, de les retrouver. Je pourrais vous faire un dessin.

Je suis retourné voir la maison de Cyrille, il y a peu d'années. J'ai laissé ma voiture chez les Gros, mais je n'ai vu personne. Je suis descendu dans la forêt. La maison est toujours là, elle a probablement été vendue et respectée, une clôture la protège des animaux de passage et le toit a été recouvert de tôle galvanisée. Le trésor, j'ai pensé au trésor, à ce que le nouveau propriétaire pouvait bien connaître à la trigonométrie. J'étais avec Agathe, nous avons cueilli un bouquet de fleurs sauvages, des ancolies, porté un coquelicot au coin de nos lèvres.

Mais Agathe n'est pas de ce livre.

8

Que sont nos vies si elles n'ont d'autre objet que de nous regarder vieillir puis mourir dans le linceul râpeux ou humide cousu depuis cette jeunesse dérisoire que nous allons ressasser jusqu'à l'usure de l'oubli ? N'aurions-nous rien fait d'autre que nous souvenir de ce temps lointain où nous étions immortels, entiers, où nous vivions pour un avenir ouvert qui ne fera que se refermer ? La vie est une porte qu'on nous claque lentement au nez, et lorsque l'ouverture se réduit à une fine fente de lumière, nous tâchons de nous souvenir de ce merveilleux paysage qu'elle nous offrait jadis, grand ouvert, le panorama d'un avenir sans fin. Cet avenir meurt ce jour même où je me souviens.

Je me souviens du dortoir des moyens quand les grands n'en avaient pas encore et logeaient dans « les piaules ». Je me souviens du réfectoire, des six piliers de béton carrés, aux arêtes chanfreinées, de la longue table de la maîtrise, près de la porte des douches d'où l'abbé T., après avoir imposé le silence en faisant tinter son couteau contre son verre, distribuait le courrier. Il appelait chaque destinataire d'une voix forte, celui-ci devait traverser la salle, sous le regard de chacun, retenir de petits sautillements de joie, aller chercher sa lettre et retourner à sa place pour la lire devant les autres ou la plier dans sa poche pour plus tard, dans l'intimité du chagrin d'être loin des siens. Nous subissions cette épreuve avec la fébrilité qu'on a aux distributions de prix, le plus douloureux était de ne rien recevoir, avec les yeux battus des cancres, ou la fausse fierté arrogante de celui qui est au-dessus de tout. Certains ne recevaient aucune lettre de tout le séjour, d'autres des colis éventrés qu'il fallait partager sur ordre. Chaque lundi nous devions répondre à ces courriers reçus ou seulement espérés.

Le papier à lettres faisait partie du trousseau obligatoire, avec « un torchon sans espoir de retour ». Je me souviens de ces six mots que je ressassais le jour du départ, lorsque l'abbé T. nous faisait mettre en carré sur la place de l'Etoile, au garde-à-vous, la valise au pied, en uniforme de Cœur Vaillant, pour ceux qui en avait un, les parents en grappes humides de larmes derrière nous, avec interdiction de nous accompagner jusqu'à la gare de Lyon, nous chantions que ce n'est qu'un au revoir, mes frères, et je me prenais pour ce torchon, sans espoir de retour.

Des tables de neuf ou dix, des bancs inconfortables fabriqués sur place, des toiles cirées poisseuses, chaque repas commençait debout pour un bénédicité chanté (nous en avions tout un répertoire, dont celui-ci : « Après la grand-route où nous avons marché, après le travail où nous avons peiné, merci pour ce repas, alléluia ! », ou « Bénissez-nous, Seigneur, bénissez ce repas, ceux qui l'ont préparé, et procurez du pain à ceux qui n'en ont pas, alléluia »), et se terminait par une action de grâces (parfois en latin de sous-préfecture : « Benedicamus domino, Deo gratias ! »). Tandis que j'écris ces lignes, un petit garçon de six ans tourne autour de moi, il danse d'un pied sur l'autre, avec une forte envie de faire pipi tout en jouant de la Game Boy, comme une bénédiction de ce Dieu dont il me dit, papa, qu'il n'existe pas. Il n'ira jamais en colonie de vacances, que ce même Dieu de carnaval nous en préserve.

Après le petit déjeuner où je faisais mine d'ingurgiter un infect café au lait ridé de peau sale dans un bol en inox, et des tartines de confiture trop épaisses, dans de molles corbeilles à pain en plastique tressé, les petits redescendaient aux Salés faire leur lit, tandis que les plus grands étaient réquisitionnés pour la corvée de pluches. On déversait sur les tables des monceaux de pommes de terre, de carottes à éplucher, de haricots à équeuter, avec obligation de chanter à tue-tête des chansons de marche sous la direction d'un moniteur planté entre les tables qui battait comme plâtre une mesure à contretemps. Pendant toutes ces années de colonie, à une exception tardive près, je n'ai jamais vu un seul instrument de musique, pas le moindre moniteur guitariste, ou pianiste. Sous l'escalier du dortoir, un piano droit déhanché à cadre de bois qui ignorait l'accord nous était interdit. Plus tard, lorsque la colonie fut définitivement fermée, je tentai de le réveiller d'un demi-siècle de coma, de le réparer, de l'accorder, ni lui ni moi ne voulûmes rien savoir. C'est pourtant sur son clavier édenté que je fis mes premières fausses notes puisqu'il n'en servait pas de justes.

L'exception fut notre dernier aumônier, Philippe Differ, qui conduisait comme un dératé une P 60 vanille fraise dont il faisait, disait-il, « chanter » les pneus à flancs blancs dans la forêt de Moirans. Il jouait et chantait à la guitare tout le répertoire de Brassens, qu'il prit assez au sérieux pour défroquer bientôt, prendre femme et poudre d'escampette. L'Eglise y a perdu un esprit sain et l'université gagné un pilier.

Le dortoir des moyens, juste au-dessus du réfectoire, donnait au nord sur la prairie et au sud sur ce que nous appelions le trou à détritus.

« *Certains matins, j'envoie les couleurs. Vous êtes au garde-à-vous, disposés en U, et je suis seul au pied du mât, sur le quatrième côté, vers la vallée, au bord d'un petit à-pic qui nous sert de décharge d'ordures. C'est un honneur d'être choisi pour cette cérémonie et j'y renonce plusieurs fois par semaine, conscient de ne pas le mériter systématiquement.* »

Oui, bien sûr, j'avais oublié, chaque matin, le ventre vide, nous étions réunis, face à ce trou à détritus, en U, côté ouvert sur la vallée, deux d'entre nous étaient choisis au pied d'un mât de bois pour hisser les couleurs, un drapeau français, en chantant : « Chevaliers saluons les couleurs, sonne sonne éclaireur, sonne les honneurs… », puis on jetait à nos pieds un tas de linge sale, collecte d'objets perdus la veille, abandonnés ici ou là en cours de jeu ou de corvée, pulls, gants de toilette, bérets. Chaque chose était ou devait être étiquetée d'un numéro correspondant à son propriétaire (j'avais le 46, mon frère le 36, plus tard, en pension à La Souterraine, on m'attribua le 169), le numéro était appelé, parfois par l'abbé lui-même, le coupable devait alors quitter son rang et venir chercher tête basse son bien. La tradition voulait qu'en cas de perte de gant de toilette on vous l'essore publiquement sur le crâne, ce n'est qu'après cette cérémonie sado-patriotique que nous avions droit au petit déjeuner. Contrairement à mon correspondant anonyme, je fus toujours insensible à l'honneur d'être choisi pour un premier rôle dans cette parade militaire. Il est vrai que mon orgueil fut flatté par une bien plus grande distinction : je serais bientôt choisi pour devenir le sacristain de la chapelle en construction. Nous verrons bien.

Les dortoirs étaient meublés de lits métalliques dépareillés dont un modèle permettait qu'on les superpose, les années de grande affluence. Chaque sommier recevait une paillasse de foin séché qu'on empilait à la fin du séjour, entrelardée de feuilles de menthe sauvage réputées en éloigner les mites et les loirs. Nous dormions dans un sac à viande recouvert d'une couverture militaire rêche qu'on devait plier au carré avant l'inspection quotidienne, au garde-à-vous, au pied du lit, terrorisés lorsque l'abbé T. présidait l'exercice en personne. Il avait une inclination obsessionnelle pour les oreilles, qu'il les mordillât, on le sait, au nom d'une affection privilégiée, les tirât par goût de juste punition, ou qu'il y plongeât un regard scrutateur avant d'en déclarer douteuse la propreté. Car nous étions censés nous laver.

Les premières années, l'eau courante ne montait qu'avec parcimonie jusqu'aux cuisines et aux douches, poussée dans des tuyaux de fer par une pompe électrique depuis une source située à une centaine de mètres en contrebas des Coupets. Le débit était d'autant plus chétif que les bâtiments n'étaient pas reliés au réseau électrique, qui cependant passait sans s'arrêter au-dessus de nos têtes dans une ligne de dix-huit mille volts qui scintillait les soirs d'orage et bourdonnait comme des acouphènes collectifs. On produisait donc nous-mêmes un courant discontinu, asthmatique, à l'aide d'un groupe électrogène à pétrole, bruyant, n'obéissant qu'à Gros Pierre qui n'écoutait personne. Quoique qualifié de groupe, l'engin menait une vie très singulière, capricieuse, incapable de fournir assez d'énergie pour l'éclairage et la pompe en même temps, si bien qu'on profitait des heures de jour pour remplir une petite citerne sous les toits, insuffisante aux besoins de la collectivité.

Bref, chaque matin, nous descendions à la source pour une toilette champêtre et frigorifiée, la serviette sur l'épaule, les pieds nus dans nos souliers délacés, roulant sur les cailloux d'un petit chemin ombreux le long du tuyau et du fil électrique supposés remonter l'eau domestique qui nous était refusée. Ce point d'eau, pur et glacial, ne coulait pas de source, on eût dit une succession de flaques claires, étales et chantantes, qui ruisselaient l'une dans l'autre sans ménager jamais assez de profondeur où remplir un verre à dents, il n'était pas rare d'y voir quelque têtard translucide qu'on capturait aussitôt dans nos gourdes (plus bas dans le torrent, on braconnait des écrevisses). Nous pataugions en guise de lavement de pieds et nous aspergions, torse nu obligatoire, dans des jaillissements éclaboussés plus joviaux qu'hygiéniques : en ce temps-là, l'hygiène était une valeur subalterne qui s'inclinait devant la discipline. Il suffisait de remonter mouillé au dortoir pour se croire propre.

Plus tard, lorsque l'EDF voulut bien planter ses poteaux jusqu'aux Coupets, on installa une pompe plus puissante, des citernes plus volumineuses et deux rangées de robinets sur des auges en zinc, l'une pour les plus grands le long des piaules, l'autre pour les moyens derrière les douches. Tu le dis dans ta lettre : « *Entre le camion et l'arrière de la colonie auquel il s'adosse, je vois le "bâtiment sanitaire", grands mots pour si peu d'hygiène et ce petit local, à toit de fibrociment en pente unique, de 10 mètres sur 2, comportant à l'extérieur une auge émaillée blanche, alimentée par une rampe de robinets et, sur le mur de gauche en entrant, la succession de cinq douches et de quatre WC avec, au fond, la capricieuse chaudière. C'est du moins ce que prétendait l'abbé T., ne manquant aucune séance de douche au prétexte des réglages, passant et repassant constamment devant les cabines protégées par un rideau de la taille d'un mouchoir en nous enjoignant : "Le slip sur la barre et frotte-toi bien !" Frotte-toi aussi, salaud, et plus besoin d'amidonner ta soutane (...).* »

Non, le toit des douches est en tôle ondulée, elles se sont envolées bien après que la colonie eut définitivement fermé. La chaudière n'était pas au fond mais entre les douches et les WC, trois à la turque qui ne fermaient pas et l'autre, avec une cuvette, que nous n'étions pas autorisés à ouvrir, il était réservé à l'abbé et à sa mère. Une chaudière à charbon installée, ainsi que toute une plomberie, par Gros Pierre (si l'on peut appeler plomberie un réseau inextricable de tuyaux de fer, sans soudure, filetés et vissés à la filasse). J'aimerais beaucoup me souvenir de Gros Pierre, mais je ne sais rien de lui, une vague silhouette, une vague moustache, j'ignore son nom, tout le monde l'appelait Gros Pierre, avec une affection un peu condescendante, il ne parlait guère, semblait accepter qu'on le rudoie. Il savait tout faire, plus ou moins bien, il conduisait le camion, parlait à l'oreille des groupes électrogènes, il construisit ces douches parcimonieuses, et plus tard la chapelle. Du haut de mes six ou huit ans, je ne lui ai jamais adressé la parole, j'avais l'impression que les adultes le prenaient pour un demeuré. Gros Pierre.

Nous n'étions convoqués aux douches qu'une fois par semaine et par petits groupes, pas assez d'eau froide, encore moins d'eau chaude, pas assez de confiance dans la chaudière dont les poussières de charbon et les escarbilles annulaient nos efforts de propreté. Nous nous déshabillions dans le réfectoire qui s'ouvrait par une porte basse sur la batterie de douches, en slip, le savon à la main, y attendions notre tour, par phalanges de cinq. Au signal, quand les précédents revenaient se geler dans le réfectoire où les attendaient leurs habits sales, les cinq suivants se précipitaient vers les cabines, de frugales cloisons de planches non rabotées, un caillebotis décloué au sol, un rideau trop petit aux rayures délavées, et une pomme commandée depuis la chaudière par le chef de train qui le plus souvent était l'abbé lui-même. La meilleure cabine était celle du milieu : plus près de la chaudière on se brûlait, plus loin l'eau était rare et tiédasse. La douche durait environ trois minutes scandées par la voix et l'œil de l'abbé. Une minute pour se mouiller, une autre pour se savonner, l'eau coupée, une autre pour se rincer. Oui, tu as raison, l'abbé nous demandait de poser notre slip sur la tringle, pour vérifier sans écarter le rideau que nous ne nous douchions pas avec. Les plus petits, ceux des Salés qui ne savaient pas se laver seuls, allaient à la douche avec les cheftaines, elles nous enlevaient notre slip d'un geste, nous savonnaient de l'autre, les rideaux et les yeux ouverts, nous n'y avons jamais vu malice, et lorsque l'abbé se baissait pour aider l'un ou l'autre dans ses ablutions, sa soutane y trempait comme une serpillière, rincée comme un œil.

Je détestais tous ces instants, me déshabiller devant d'autres, qu'on me voie me laver, je n'avais jamais appris. Les douches me terrorisaient, j'y voyais à la fois un supplice médiéval et le comble de la modernité. Chez nous, il n'y en avait pas.

9

Un an, presque jour pour jour, après réception de la lettre anonyme, j'en reçus une autre, sur papier bleu très pâle, manuscrite et signée. Sur l'enveloppe en papier kraft est imprimée en haut à gauche la raison sociale suivante : Casanove, Architecture d'intérieur, 27, rue du Manège, 92200 Neuilly-sur-Seine. S.A. Capital 415 600 F. Suivent un numéro d'enregistrement au registre du commerce de Nanterre, des numéros de fax et de téléphone :

« *C. Casanove, Neuilly, le 4 septembre 2007.*

« *Je propose que toute lettre demeurée sans réponse plus d'un an soit retournée à son auteur. La mienne débutait par : "C'est Jean Pujol qui m'a parlé des Spaghettis..."*

« *A me relire.*
« *Cordialement.*
« *Christophe* »

Une enveloppe timbrée à l'adresse de l'expéditeur était jointe. Je n'en fis pas usage.

Avais-je douté un seul instant de l'identité de mon correspondant anonyme ? Non, bien sûr. Nous étions une bonne centaine de « colons » chaque année à fréquenter Les Crozets et au moins autant au patronage de la rue Roger-Bacon : à supposer que tous puissent être inscrits sur la liste des suspects, chaque ligne de la lettre, chaque détail avancé les disculpaient par dizaines pour qu'à la fin il n'en restât qu'un, capable de se souvenir d'une Fiat 1500 longue : Christophe Casanove.

La deuxième lettre cependant me troubla autant que l'autre. Dans la première l'aigreur était adoucie par la menace des larmes, l'acuité des souvenirs, l'affection avouée, un sentimentalisme revendiqué, et le dépit qu'elle exprimait atténué par le culot, même anonyme, de le dire. Dans la seconde, l'aigreur et le dépit sont violence. Les premières lignes sonnent, de façon assez drôle mais péremptoire, comme un rappel à la loi, une loi unilatérale et de circonstance, en totale contradiction avec le respect dû à l'anonymat. La seconde cite le début de la lettre précédente afin que je comprenne de quel courrier il s'agit, comme si j'étais du genre à me laisser noyer sous un amas de correspondances de ce type et à ne pas m'y retrouver.

«*A me relire.*» J'ai relu la longue lettre en pensant à Christophe qui pourrait, comme il semblait le souhaiter, la recevoir en boomerang à son magasin de Neuilly, l'ouvrir d'un index vengeur sur sa table d'architecte à vérins compensés et s'y repaître de nostalgie chagrine, de désolation masturbatoire. «*A me relire.*» J'eus le sentiment d'une seconde rupture brutale avec ce qu'il avait espéré chérir et qu'il préférait déserter plutôt que risquer de le revivre, comme il l'écrivit naguère: «*Alors, Gribouille de l'amitié, je rompais nos relations plutôt que de les voir décliner; je désertai la rue Roger-Bacon et nous ne nous sommes jamais revus. J'ai souvent procédé par éradication avec mes amis. (...) Quelle suffisance, quelle imprudence, mais ne plus vous voir était mon choix et m'affectait assez peu. En revanche découvrir que tu m'avais parallèlement rayé de ton univers m'a semblé ignoble.* » Même pour rompre, il faut être deux.

On ne commande pas à l'oubli et je n'ai jamais rayé personne de mon minuscule univers. Les noms propres que l'on trouve dans mes livres n'y figurent que par le hasard des sonorités, la scansion d'une païenne litanie, l'étonnement de m'en souvenir. Le nom de Christophe Casanove n'est jamais venu sous ma plume, je n'imaginais pas qu'il m'en tienne rigueur, au contraire, je craignais plutôt que seules les personnes citées puissent en prendre ombrage, se demander à quoi je les mêlais.

Christophe, les yeux bleus, une nonchalance dans les épaules, les mains, la voix douce, une élégance vaguement britannique, un peu tweed, une ironie disponible à la recherche de qui voudrait bien la comprendre, j'étais de ceux-là. Il plaçait l'intelligence et l'esprit critique au-dessus des valeurs promues au patronage, le courage physique, l'obéissance, et le respect des choses établies. Christophe a deux ou trois ans de plus que moi, mon enfance est jonchée d'amitiés avec des garçons un peu plus âgés, d'abord contraint par une avance dans ma scolarité, avance confortée par les dispenses d'âge de l'abbé T. Ces fréquentations flattaient bêtement ma vanité caractérielle et infantile de refuser d'être un enfant. Christophe avait un frère aîné, François, plus distant de notre petit monde où il était de bon ton, je ne sais pas pourquoi, de ne pas aimer les Casanove. Moi, je les aimais bien. Leur père, petit homme chauve et malicieux, tenait commerce d'électroménager boulevard Gouvion-Saint-Cyr dans un entrepôt à dominante jaune où s'empilaient jusqu'aux cintres des monceaux de frigos, cuisinières, machines à laver, des escaliers et coursives de métal gagnaient les étages dont le dernier servait de logement. Mes parents se sont mariés en pleine guerre sur ce même boulevard dans l'appartement du général de gendarmerie Hallier, le père de Jean-Edern, que son ordonnance, l'adjudant Lebrun né-natif du même village morvandiau que ma mère, avait charge de protéger de l'envahisseur, et l'on se demande bien ce que cette incise vient faire ici. François Casanove est mort voici quelques années, je ne sais pas comment je l'appris mais lorsque j'ai lu : « *J'en appelle à Pierre Harang et à mon frère qui ne viendra pas* », je savais pourquoi il ne viendrait pas.

Christophe était passionné d'automobile et le souvenir le moins fugace que j'ai de lui est celui de nos promenades à la nuit tombée dans les rues du quartier, où il m'enseignait l'exhaustivité des gammes de toutes marques avec une prédilection pour les anglaises. Nos pas nous menaient parfois jusqu'à la rue Brunel où un concessionnaire du groupe Rootes exposait des cabriolets Morgan, des Sunbeam, des Wolseley. Il m'apprit à reconnaître de loin une Midget d'une MGB, une TR3 d'une TR4, et rêvait de posséder l'une ou l'autre. Je ne sais pas ce qu'il en advint.

Je n'ai jamais perçu l'ambiguïté de cette amitié « *aussi platonique qu'absolue* », je n'imaginais pas qu'elle pût être autre que platonique et ne l'éprouvais pas comme absolue puisque je la partageais avec d'autres. N'empêche, je me souviens qu'elle déplaisait à beaucoup, à l'abbé T., à mes parents qui pensaient sous sa coupe, et, lorsque Christophe y mit fin de son seul chef et à mon insu, au prétexte, écrit-il, que je découvris les filles « *avec fureur* », ils en furent soulagés. Ils eurent tort, les filles ne valent guère mieux.

Je n'ai donc pas utilisé la grande enveloppe timbrée en papier kraft que j'ai sous les yeux, je lui écrivis une lettre dont je n'ai pas gardé trace, je ne me souviens pas des mots exacts, je lui disais simplement que j'avais été heureux de recevoir de ses nouvelles, que j'avais tardé à répondre pour respecter son simulacre (je n'utilisai pas ce mot) d'anonymat, que je serais ravi de le revoir pour évoquer de vive voix ces chers souvenirs.

Puis je partis en Franche-Comté pour des rencontres entre écrivains et lecteurs dans le cadre d'une chaleureuse tournée, « Les petites fugues », organisée par le Centre régional des lettres de Besançon. Puisqu'on me demandait de choisir un département de la région, j'optai pour le Jura, allez savoir pourquoi. Un soir, à Clairvaux-les-Lacs, une douzaine de kilomètres au nord des Crozets, après une lecture publique, on me demanda, comme souvent lorsque l'animateur (en l'espèce la bibliothécaire municipale) est en manque de questions originales, si j'avais le projet d'un nouveau livre et si je voulais bien en dire quelques mots. Pris de court et mû par je ne sais quel prurit démagogique, j'endossai le maillot du régional de l'étape et racontai l'histoire de la lettre anonyme de Christophe Casanove, la dénonciation qu'il en fit et quelques souvenirs laissant poindre l'idée que je pourrais évoquer dans un livre, chers amis, votre magnifique région. Je n'en pensais pas un mot, découvrant mes paroles à mesure que je les prononçais.

Marie-Rose et Jacquot Javourez étaient dans la salle. Jacquot est le frère de Marie-Thérèse Javourez qui tenait l'épicerie des Crozets au bon temps des colonies. Nous avions dîné chez eux la veille, longuement évoqué l'abbé T. J'étais accompagné d'une jeune Bisontine qu'ils prirent pour Agathe.

Mais Agathe.

10

Jacquot est né aux Crozets, en 1934, peut-être un peu avant. Son âge ne dit pas quelle force de la nature il fut et demeure. J'avais six ans et lui vingt et un lorsque je le vis pour la première fois. Il portait déjà la moustache. Peut-être pas. La mémoire est un muscle sensible aux crampes, elle est capable de faire pousser les moustaches d'aujourd'hui sur les lippes glabres d'avant-hier. Mettons que je ne me souvienne du Jacquot que moustachu. Mettons.

Chaque année la colonie organisait une journée particulière où nous invitions les gens du village à partager notre messe, nos repas et nos jeux dont un match de foot, colons contre autochtones. Jacquot, qui passait une bonne partie de l'été dans nos jambes, jouait ce jour-là contre nous, et nous y voyions une trahison d'autant plus sévère qu'à lui seul, plus par énergie que par habileté, il pouvait faire basculer le score en faveur de son camp d'un jour, tandis que l'abbé qui entrait en jeu en seconde mi-temps pour, avec la même démesure, tenter d'inverser le destin, s'empêtrait les crayons dans la soutane. Les plus anciens rapportent qu'ils l'ont connu en short meilleur buteur, d'autres en tenue de basket dans la cour du patronage. Le terrain suivait la pente de la prairie, les buts étaient inégaux et l'arbitre partial (l'abbé en première mi-temps avant de choisir éhontément son camp, le maire par la suite).

Trapu, presque bancal à force de trimbaler toute cette masse musculaire, Jacquot était chez lui puisque tout le reste de l'année, sur ce même terrain débarrassé des buts branlants, paissaient ses bêtes. Il portait des pantalons courts et des marcels d'un bleu marine délavé sur ses pectoraux saillants, ses pommettes hautes lui plissent les yeux au soleil, si bien que lorsqu'il les ferme, le blanc de ses paupières fait deux taches claires sur ce grand corps cuivré. Je ne le connus vraiment que bien plus tard, lorsque je pris des responsabilités dans la colonie. Il en est la mémoire externe, il l'a vue ouvrir, il l'a vue fermer, n'a manqué aucun séjour et l'a tenue à l'œil à l'année longue. Après, lorsque j'occupais les lieux avec Jef, sinon en squatters, du moins sans titre de séjour, il fut presque le seul du village à nous conserver son amitié. Il nous procura du bois de chauffe, déneigea la route des Coupets que la municipalité dédaignait, nous hébergea les rares fois où nous ne pouvions pas descendre, même à skis.

Jacquot reprit bien jeune la ferme familiale, la rénova, introduisit la traite électrique, il s'occupait du chalet où l'on rassemblait le lait des environs. Faisait du bois l'hiver, tirait des grumes du fond des âges, à la force des bras et du tracteur. Lorsque la collecte du lait fut rendue inutile, faute de production, on transforma le chalet en centre de ski de fond dont il devint le moniteur. J'étais alors objecteur de conscience, promis à deux années de service civil auprès des Eaux et Forêts. Quelques bonnes âmes du village, Jacquot à leur tête, qui m'avaient connu comme responsable de la colonie, imaginèrent que je vinsse effectuer ce séjour contraint au chalet en « père aubergiste », comme on dit dans les auberges de jeunesse. L'administration ne s'y opposait pas. Jacquot me défendit du mieux qu'il put, mais le maire y mit son veto et fit de moi un piètre déserteur. Le maire dirigeait la plus grande entreprise de manches de tampons des Crozets, autant dire du monde. Célibataire assombri, les langues les plus déliées du village l'auraient volontiers marié à Marie-Thérèse, l'épicière. L'affaire ne se fit pas.

Jacquot résista longtemps pour demeurer le dernier paysan du canton. Puis il dut céder, s'embaucha comme chauffeur routier. Il me rendit parfois visite lorsque son semi-remorque passait près de Toulouse. Ouvert sur le monde, curieux de tout, il a joué dans des films, sa chienne y tint un premier rôle. Je me souviens l'avoir interviewé pour une enquête qui devait faire taire une rumeur persistante prétendant que l'Institut Pasteur procédait à des lâchers de vipéreaux en hélicoptère au-dessus des forêts. Il me raconta des histoires qui ne m'aidèrent pas : il y croyait comme en Dieu et me promit même de me montrer une caissette au nom de l'Institut qu'il avait récupérée au-dessus de Moirans. Nous n'en avons pas reparlé. Retraité, il se construisit une maison de campagne à la chèvrerie, à deux pas de chez lui, où passer l'été. A soixante-quinze ans accomplis, il n'est toujours pas redescendu de son tracteur.

Comme je le fis longtemps pour Cyrille Verchère, je continue irrégulièrement à lui rendre visite, pour une fondue, un cuissot de gibier au vin jaune, une tournée de souvenirs noyée de marc. La fois dernière, avec sa sœur Marie-Thérèse, Marie-Rose son épouse, et la jeune Bisontine autour de la table, comme je leur disais la lettre de Christophe Casanove et ses soupçons appuyés à l'endroit de l'abbé T., ils ne parurent ni surpris, ni tout à fait prêts à en débattre.

A la nuit noire, lorsque la conversation reprit son rituel, en évoquant les noms des rares anciens de la colonie qu'ils avaient revus, vint celui d'Emile Pujol : « Il n'avait pas l'air bien en forme, et puis la colère l'a pris quand nous avons parlé de l'abbé. Il a dit qu'il lui avait gâché sa vie, que ce qu'il lui avait fait aurait mérité qu'il le tue. » Il n'a pas dit quoi. Rien ne mérite qu'on tue. Marie-Thérèse a ajouté : « L'abbé était un brave homme, je ne sais rien de ce qui le troublait, je peux juste dire qu'il mettait toute son énergie à lutter contre ses pulsions. »

Puis ils m'apprirent que l'abbé était toujours de ce monde, que s'il était mort ils l'auraient su, se souvenaient vaguement qu'il logeait près de Saint-Dié, que sous la veille d'une gouvernante il allait gentiment vers ses cent ans. Ils savaient le nom du village. Je résolus de m'y rendre.

11

Il a écrit cette phrase: « Je résolus de m'y rendre », mais il n'est pas encore rendu.

Je passai le lendemain de cette soirée en compagnie de la jeune Bisontine, Pascaline, mon poisson pilote du CNR, une femme vive, dégourdie, patiente, curieuse et intelligente (je ne lui connais qu'un défaut: pendant tout notre périple elle refusa de me laisser conduire sa petite auto, au prétexte invérifiable que l'assureur s'y opposait), jolie, elle avait l'âge d'être ma fille mais ne l'était pas. Nous avions une journée à tuer, une journée à vivre, avant de fondre sur la bourgade suivante où nous attendaient une nouvelle bibliothécaire et ses questions brûlantes. Le travail de Pascaline consistait à faciliter le mien qui n'en est pas un. Elle aurait dû se lasser de toutes ces histoires ressassées de prêtres égrotants, de maisons et de mémoires ruinées. Mais non, ça l'amusait, elle avait déplié sur ses genoux une carte de la Franche-Comté et comptait dans un murmure le temps qu'il faut pour se rendre du côté de Saint-Dié et revenir à l'heure honorer les dates de notre tournée. C'était un peu juste, elle proposa donc, puisqu'on y était, de rendre visite à la colonie, ce qu'il en restait.

Longtemps la route qui descend du village à la colo ne fut qu'un chemin de terre, puis on la goudronna. Aujourd'hui, cette terre qui était jadis arrivée la première regagne peu à peu le terrain qu'on lui prit, elle remplit les crevasses que le dégel entrouvre, bouche les nids-de-poule que personne ne couve, les murets de pierre qui bordent la chaussée lâchent innocemment des cailloux écornés dans le dos des promeneurs pour en réduire l'étroit, des mousses et des feuilles d'automne viennent à la saison effacer quelques taches du pauvre macadam, un trait de verdure au centre du roulage le partage en deux sentiers parallèles où nous nous rejoignons. De toute façon, les virages trop serrés empêchent depuis toujours les autocars de descendre aux Coupets, ils s'arrêtaient au lieu dit « la Statue de la Vierge », déversaient leur content de colons, de valises ceintes de solides courroies de permissionnaires et, groggy par une nuit de route, nous devions, en somnambules éblouis, marcher mille cinq cents mètres, sac au dos et bagage traîné au bout de bras trop courts.

J'ai fait ce chemin des centaines, peut-être même des milliers de fois, à pied le plus souvent, à skis parfois, en raquettes, au volant de toutes sortes d'automobiles, et même sur un kart de notre fabrication conçu par Christian Lacroix et soudé à l'arc par le garagiste des Crozets dont le nom que j'ai oublié était un prénom (Roger ?), la motorisation approximative de l'engin le condamnait à ne fonctionner que dans la descente.

Je le connais par cœur, mais est-ce bien du cœur qu'il s'agit ? On tiendrait plus spontanément le cerveau pour siège de notre mémoire quand la sagesse populaire le place dans ce muscle incontrôlable, gros comme un poing fermé, qui bat sans qu'on le commande et qui s'arrête un jour, effaçant tout ce qu'on n'avait pas encore su oublier. Mon cœur fragile bat comme un cil.

Je connais par cœur les dix-sept virages qui conduisent de la Statue de la Vierge à la colonie de vacances, au point que j'entrepris naguère, au volant de la 4L vert wagon de Jean-Louis Piednoir, de les parcourir les yeux bandés. Le macadam était alors assez récent et entretenu pour que la partie gravillonnée de ses marges, au ras de la végétation, avertît sous le crissement des pneus qu'on s'approchait dangereusement des bords, à condition qu'on roule au pas, l'oreille aux aguets, bien qu'enfouie sous le bandeau des yeux. Enivré de ces précautions, je pris assez de vitesse pour finir sans dommages le pare-chocs contre un rocher avant le quatrième contour. Pascaline refusa qu'on tente de battre ce record. Son assureur ne serait, paraît-il, pas très rassuré.

Il pleuvait, de cette pluie fine et scintillante qui promet un arc-en-ciel. A l'approche de la bâtisse, la verdure avait presque entièrement repris la route et les frondaisons se rassemblaient en arceau vers le bleu assombri du ciel. Un temps d'escargot. La maison apparut massive, presque agressive dans l'intermittence des essuie-glaces, les balais de caoutchouc avaient beau faire de leur mieux pour la raisonner à chaque passage, elle ne bougeait pas, faisait front, comme si elle ne m'avait pas reconnu. La route nous amène par l'arrière des bâtiments, du côté de la cuisine, du trou à détritus, du mât où nous envoyions les couleurs, et de l'appentis que Christophe, dans sa lettre, appelle « *le bâtiment sanitaire* ». Il est écroulé, entièrement détruit, les tôles envolées, les murs frêles décapités et les faïences, les vitres, brisées, il est là comme l'ombre de ce qui n'aurait jamais été, comme au cinéma où l'on construit des ruines neuves. Sa disparition ouvre le regard sur une partie ancienne dont je n'avais pas eu conscience jusqu'ici, la rampe pavée et herbeuse qui permettait jadis de monter jusqu'à la grange d'origine les chariots de foin, par une porte dont je découvre soudain le demi-cintre qu'on ne devine pas de l'intérieur. La maison est fermée, non pas comme une maison de campagne qu'on protégerait des intrus entre deux week-ends, plutôt comme un chantier de démolition qui préviendrait du danger d'y pénétrer, des planches clouées en croix de Saint-André dans le travers des portes, des fils de fer accrochent des serrures vides à des pitons de maçon, les rares volets sont clos à coups de masse. De l'autre côté, sur la façade qui regarde la prairie embuée, tous les carreaux ont été la cible de lance-pierres, une porte entrebâillée est maintenue en place par un antivol de vélo. Seule la seconde partie, la plus basse, est ouverte à qui veut, les battants de la porte gisent l'un sur l'autre au milieu de ce qui fut notre salle de jeux, la fenêtre de droite, en aval du petit trottoir de béton, a perdu son appui, cassée à la masse jusqu'au sol, et son linteau a été arrondi pour ménager assez de hauteur afin que les chevaux en libre pâture puissent s'y réfugier. J'avais vu ces chevaux, sales et maladifs, lors d'une visite précédente, les bêtes des Lyonnais des Salés, ils ont laissé ici un peu de crottin fossilisé par le gel, premières victimes d'un abandon promis, d'un déménagement sans cesse repoussé. L'escalier extérieur de la chambre de l'abbé a disparu, laissant au balcon un côté ouvert sur le vide. Je l'avais rafistolé dix fois lorsque j'occupais l'endroit. Il pourrissait par le pied, et tous les ans ou presque, je coulais dans le béton une marche supplémentaire pour y maintenir le limon de sapin que rognait chaque hiver.

Ces deux fermes accolées du temps des paysans ne communiquent pas, la plus basse semble la plus ancienne, ce qui n'est pas certain, et l'autre qui la domine est plus grande, plus ambitieuse, elle se distingue de la première par son balcon à la porte-fenêtre de l'étage, encore que rien ne dise que la seconde n'en a jamais eu : elle aussi ouvre à l'étage une porte sur le vide. Toujours est-il que l'abbé – qui le lui reprocherait ? – avait la chambre la plus belle et la plus haute, on la gagnait par cet escalier sans grâce ajouté Dieu sait quand. On pouvait également s'y rendre par l'intérieur, au prix de traverser l'autre chambre au-dessus de la cuisine, mystérieusement interdite, et séparée de la première par deux portes successives simulant et dissimulant l'épaisseur du mur. Seules ces deux pièces disposaient d'un lavabo, nous les avons occupées, avec Jef, pendant nos années de squat, moi chez l'abbé, Jef dans la chambre interdite qui entre-temps était devenue la chambre d'Antoine, le cuisinier des dernières années, et de sa petite famille. (Cher Christophe Casanove : toi qui te plains, qui as trouvé « *ignoble* » que je te « *raye de mon univers* » en ignorant ton nom dans mes livres, sache que celui de Jef Vernon, qui du temps de la colonie s'appelait encore Jean-Pierre Gommet, qui fut et reste l'un de mes amis les plus proches, n'y figure pas non plus.)

Pour mes neuf ans, donc, l'abbé me surclassa pour me faire intégrer aux Coupets le dortoir des moyens où l'on n'entrait qu'à dix, et commença alors à peser sur moi l'étiquette moquée et enviée de cul-bénit, on disait « CB », et je passais souvent dans sa chambre, à sa demande. Une grande armoire, un placard dans l'épaisseur du mur, sous un crucifix un lit de fer identique à ceux des dortoirs, une chaise d'église, une petite table où il posait son bréviaire (je ne me souviens pas y avoir vu d'autres livres), un meuble noir de sacristie sur la cheminée, plein de tiroirs avec une petite porte centrale comme un tabernacle. Il me faisait asseoir sur ses genoux, au creux de sa soutane et, comme on sait, me mordillait l'oreille. Pourquoi m'avait-il, avec d'autres, choisi ? Pour quel avenir ? Il s'était mis en tête que je voulais être prêtre, m'avait averti qu'une telle vocation était une affaire sérieuse, je me souviens même de ses mots : « On ne veut pas être prêtre comme on veut devenir pompier », j'avais neuf ans et répondu que, tant qu'à faire, je préférais pompier.

A dix ans, j'étais devenu un enfant de chœur potable, tant pour servir la messe du dimanche au village que les messes basses qu'il disait chaque jour, à jeun, à la colonie, dans l'ancienne chapelle avant qu'il nous en fasse construire une nouvelle en haut de la prairie. Nous étions quelques-uns à partager ce privilège un peu sadique : prévenus la veille, il nous fallait nous lever avant les autres (il venait nous tirer du lit), descendre le sentier de la source jusqu'au Lizon, au pied de la « Scierie brûlée » où un ancien moulin délabré servait de lieu de culte. Dans une petite fenêtre, devant un papier cristal rouge, une lampe à huile hésitante signalait la présence réelle du Christ, croyait-on, sous la forme d'hosties consacrées. Le manque de fidèles volontaires l'avait conduit à réquisitionner chaque jour une équipe de six ou sept enfants, et c'est devant ce tout petit public qu'il me tançait au moindre accroc de sa stricte liturgie. En ces temps anciens, nous ne montions pas au village chaque dimanche pour la messe obligatoire, elle était dite ici, au bout de ce chemin creux, à pic, glissant, nous arrivions tout crottés près du petit édicule qui ne pouvait pas tous nous contenir, les derniers assistaient à la messe assis, debout, à genoux, sur les pierres du sentier.

J'avais onze ans lorsque, élève au petit lycée Janson-de-Sailly, je fis ma communion solennelle à Notre-Dame, la chapelle du lycée étant trop exiguë. L'abbé T., qui n'avait pas pu s'en mêler, m'offrit cependant un missel de prix, papier bible doré sur tranche, et je me souviens qu'il me précisa s'être interdit d'y inscrire la moindre dédicace, ce présent devant rester un secret entre nous. Mes parents s'en étonnèrent. Je ne sais plus ce que j'en ai fait.

L'abbé récupéra bien vite son petit apprenti : je me fis brutalement (et injustement mais c'est une autre histoire) renvoyer de Janson au milieu de mon année de cinquième, ce qui, à l'époque, entraînait le bannissement automatique de tous les lycées parisiens. L'abbé convainquit aussitôt mes parents que ma place était en pension au Petit Séminaire de Conflans où il avait ses entrées. Quand revinrent les étés et que la nouvelle chapelle des Coupets fut enfin inaugurée, l'abbé fit de moi son sacristain.

« *Je regarde par une des fenêtres la prairie contenue sur son grand côté du fond par un relèvement de terrain sur lequel nous avions construit nous-mêmes une chapelle. Nous brassions le ciment devant les bâtiments, au débouché du chemin de la source, et en remplissions des moules à parpaings. Après séchage, il nous fallait démouler et acheminer ces gaufrettes minérales en souffrant sur cette pente que nous adorions dévaler à chaque pluie sur des planches de bois fartées au savon.* »

Nous nous sommes mis à l'abri dans l'entrée de la salle de jeux, Pascaline essore ses cheveux dans ses poings, nous regardons la prairie, la masse grise de la chapelle en haut de la pente, son maigre clocher au faîte du pignon qui nous fait face, la cloche a disparu, la fenêtre en forme de croix n'est plus qu'un trou noir sans vitre. A haute voix je me rappelle sa construction, j'étais trop petit pour participer au gros œuvre, confié à Gros Pierre et aux adolescents qu'on appelaient alors les castors, dont mon frère Pierre et Christophe Casanove faisaient partie. Notre contribution se limitait à purger de petites condamnations de notre colonie pas trop pénitentiaire : pour un mot prononcé pendant la sieste, un verre cassé à table, un pull égaré, une dispute, nous écopions de la corvée de monter, selon le tarif, un, deux ou trois parpaings, jusqu'au chantier de la chapelle.

La pluie a cessé, l'arc-en ciel dans le dos, nous suivons le sentier qui contourne la prairie par la droite. Pascaline a défait la fermeture à glissière de son imperméable, j'allume une pipe neuve que je viens d'acheter à Saint-Claude, chez Jeantet. C'est toujours un peu compliqué, intimidant, d'attaquer une pipe neuve. Je me demande ce que cette jeune fille cultivée et nourrie de laïcité peut bien ressentir à ce pèlerinage. La chapelle a gardé la silhouette que lui donna jadis la simplicité de son architecture : une boîte à chaussures rehaussée d'un toit à deux pentes, et sur chaque côté sept fenêtres, fermées de verre cathédrale, qui grimpent vers le maigre clocher, décalées chaque fois d'un rang de parpaings, elles symbolisent les quatorze stations du chemin de croix.

Maintenant nous y sommes, la porte est arrachée, le toit qui s'est effondré sur le plancher l'a entraîné dans sa chute jusqu'aux racines éventrées des fondations, en écrasant la vieille armoire où l'on serrait naguère les chasubles multicolores, étoles et manipules assortis. Une larme ? Un regret ? Un remords ? Ou le rictus satisfait d'une vengeance accomplie ? Rien de tout cela, je revois Yves Brunet, un demi-siècle plus tôt, pendu à bout de bras à la poutre maîtresse (toujours en place et verte de mousse), les jambes à gigoter et hurlant au secours. Il changeait une ampoule quand l'escabeau s'est dérobé et n'osa pas sauter. Pascaline voulut savoir pourquoi je riais.

Pour rien.

12

Pourquoi ces mots dont je n'ai plus l'usage encombrent-ils encore ma mémoire ? Chasuble, étole, manipule, manuterge, l'or de la Loire, ciboire, calice, patène, tabernacle, pourquoi ? Je les avais appris et rangés un à un dans la petite armoire de la chapelle, et aujourd'hui qu'armoire et chapelle sont ensevelies sous les gravats, ils sont encore là, ces mots, amochés, survivants, ils respirent à peine, ils appellent, ils voudraient qu'on les sauve. Je ne peux rien pour eux sinon les dire en une litanie devenue païenne, ésotérique, les égrener comme des mots de passe qui n'ouvrent aucune porte, les fredonner à l'oreille des enfants de chœur envolés, ou à celle du gardien sourd d'un purgatoire où plus rien ne se purge. Ce sont des mots orphelins, des mots perdus.

Entre les activités de l’après-midi et le dîner, je montais chaque soir à la chapelle pour préparer la messe du lendemain, faire les niveaux de vin gras et d’eau bénite dans les burettes, dresser les habits du prêtre sur l’autel, l’aube, le surplis et ce petit foulard qu’il serrait sur son cou (dont j’ai oublié le nom), la chasuble et ses accessoires assortis à la couleur du jour, vert pour l’espérance, violet pour la pénitence, blanc si quelqu’un s’aventurait à ressusciter. Ouvrir à la bonne page le grand livre enluminé aux onglets de cuir. Glisser dans la patène une grande hostie à découper selon les pointillés, prévoir s’il fallait en consacrer des petites pour les fidèles confessés de frais. Cette dernière question était entièrement du ressort de l’abbé, car selon le droit canon seul un ministre du culte dûment estampillé par le sacrement de l’ordre est autorisé à ouvrir le tabernacle, soulever le couvercle du ciboire et toucher ce corps de Christ réduit à ces petits disques de pain azyme larges comme des jetons d’autos-tamponneuses. Je me souviens qu’un soir, l’abbé ne sachant pas trop où il en était m’envoya jauger l’affaire. Pris de remords, il me rejoignit bien vite pour m’éviter un sacré sacrilège, mais j'avais déjà renversé le contenu du ciboire sur l'autel pour dénombrer les hosties en mouillant mon pouce comme on compte des pions de nain jaune. Il me poussa violemment pour me sauver, comme on le fait à ceux qui ont mis les doigts dans la prise. Et me promit l'enfer. Il est trop tôt pour dire s'il tiendra parole. Je le crains.

Mes sacrilèges n'ont pas toujours été aussi lourds ni aussi innocents. Je devais également trouver un servant pour la messe du lendemain, faute de quoi m'y coller. Stéphane Pujol m'aidait dans ces tâches serviles, par amitié, certainement, mais plus probablement parce que l'abbé l'avait élu parmi ses réservistes de culs-bénits. Je venais d'être renvoyé brutalement du Petit Séminaire (et injustement, mais c'est une autre histoire), mon respect des choses du culte s'en allait sur une fesse, comme on dit dans cette belle province où tabernacle est un juron. Mon rôle de sacristain de colonie de vacances trouvait dans ses marges des avantages imprévus par le droit canon. Les hosties, on l'a vu, sont de deux tailles, les grosses pour le clergé, les petites pour les péquins, celles des Crozets étaient fabriquées par des sœurs de je ne sais plus où qui les découpaient en piles à l'emporte-pièce dans des feuilles immaculées, cuites ailleurs, laissant sur le billot des chutes ajourées en forme de joints de culasse. Si par bonheur une partie de ces chutes arrivait jusqu'à nous, notre goûter frugal en était sérieusement amélioré, d'autant qu'on trouvait alors dans les confiseries des friandises roses du même métal qu'il fallait vider de leur poudre acidulée à l'aide d'une paille de réglisse, il suffisait de fermer les yeux pour s'y croire. Et lorsque les chutes vinrent à manquer nous attaquâmes les hosties elles-mêmes jusqu'à la limite de la rupture de stock. Nous ne nous fîmes jamais prendre.

Nous avions douze et treize ans et gérions le vin de messe selon les mêmes principes économiques. Mais, vous savez ce que c'est, un petit dernier pour la route, à la goulée, le cul de la bouteille n'est pas si loin des lèvres et nos noces de Cana manquèrent de magicien. Bref, les trois ou quatre bouteilles prévues pour le séjour ne suffirent pas, un vin sucré probablement mauvais, nous n'en avions jamais bu d'autre. Lorsque l'abbé le découvrit, plus une goutte pour la messe du lendemain, avant de nous expédier en enfer, il nous priva de dîner et nous envoya sur-le-champ, à la nuit tombante et par la forêt, mendier au curé de Moirans une mesure de vin de messe.

Si ce n'était l'obscurité, nous n'avions pas peur de nous perdre. La forêt de Moirans depuis tant de séjours nous était familière. Le gros des activités supposées pédagogiques (personne ne semblait connaître ni le mot, ni la chose) consistait à arpenter la forêt sous des prétextes divers qu'on pourrait réduire en deux exercices : marcher jusqu'à plus soif et se battre jusqu'au premier sang. Même si la meilleure est encore la nôtre, il y a de nombreuses façon de marcher. En équipe, pour le seul plaisir de la marche, une fois par semaine, des gamelles en fonte d'aluminium dans le dos avec invariablement des tomates à la croque au sel, des tronçons de saucisses grasses, des pommes de terre en chemise et une pomme. Tous ensemble pour se rendre à Genève, comme on sait. Par « char », le char étant une unité fluctuante pour dénombrer des équipes de trois ou quatre d'âges différents, un ou deux Salés, un moyen et un grand, sous une bannière d'une désopilante finesse (le char Latan, le char Habeux, le char Ivarie, le char

Lemagne...). La marche en char était présentée sous le titre de rallye, il fallait suivre un parcours fléché ou jalonné d'énigmes et à chaque étape répondre à des questions subtiles ou subir une épreuve éprouvante. Le retour harassé donnait lieu à classement et remise de médailles en papier crépon. On pouvait aussi nous faire marcher seuls, la nuit, avec pour repères incertains de petites planchettes portant à la peinture rose fluorescente une flèche, et ainsi, de flèche en flèche regagner son lit après un long détour dans les bois. Il suffisait après notre passage de retourner la planchette pour perdre les suiveurs. Nous connaissions la forêt comme notre peur.

Les batailles (qui n'excluaient pas une petite marche d'approche) étaient organisées autour de thèmes assez classiques de l'histoire du monde, cowboys contre indiens, gendarmes contre voleurs, croisés contre infidèles, gladiateurs et Romains, chevaliers et manants, rouges contre noirs, sauvages et missionnaires, explorateurs et indigènes, les Touareg et les Tchampas (dont il faut convenir qu'ils n'eurent guère d'autre opportunité de se rencontrer). Le conflit se réglait invariablement à l'aide des quatre arts martiaux du cru : la vie, la garuche, le mur et la chistera, et, bien sûr, toutes combinaisons entre eux.

La « vie » est un petit foulard que l'on porte dans le dos, engagé dans son pantalon, il dépasse un peu, et l'on doit, dans un corps à corps vigoureux et sans se faire prendre la sienne, retirer la vie à l'envoyé du camp d'en face, une manière de faena entre deux toreros. Comme dans la vraie vie le vainqueur est celui des deux camps qui a pris le plus de vies.

La garuche est également un foulard, celui de son uniforme de Cœur Vaillant, par exemple, peut faire l'affaire, on le plie en deux dans sa diagonale et on le roule à sens contrariés pour qu'il se vrille sur lui-même, très serré, on joint alors les deux bouts, et, si vous n'êtes pas trop manche, le foulard s'enroule sur lui-même et vous obtenez une garuche (on réussit cela très facilement contre son gré avec un fil de téléphone), c'est-à-dire une torsade de tissu, dure comme un nerf de bœuf et du même usage. Il n'y a pas de règle, il suffit de se taper dessus. Il est juste interdit de mouiller sa garuche, de l'alourdir d'un petit caillou ou de l'allonger d'un lacet de cuir. J'ai toujours été très maladroit à rouler ma garuche, très malheureux d'avoir à m'en servir, et ne m'en servais pas. Le mot, pourtant bien loin de mes préoccupations sacristines, m'a toujours été familier, je ne l'ai trouvé dans aucun dictionnaire où je l'ai cherché (peut-être figure-t-il dans un autre), il doit être quelque part entre un tableau de Garouste et le verre de garus qu'on va boire chez Bridoux dans *Madame Bovary*.

Le mur relève d'une stratégie plus collective, il suppose une organisation, et pour tout dire un chef. Le camp défendeur choisit deux arbres pas trop gros (il va falloir s'y amarrer solidement) mais assez pour résister à l'assaut qui se prépare. Entre ces deux arbres espacés de trois ou quatre mètres, on mobilise son camp pour en fermer l'espace par une chaîne humaine à double ou triple tour. A chaque extrémité les costauds s'arriment aux troncs qu'on a par avance ébranchés. La disposition a été reprise depuis par quelques brigades de CRS ou de services d'ordre syndicaux pour contenir des manifestants de leur bord ou de l'autre. Cette herse humaine n'est pas gratuite, elle est censée protéger un trésor, un otage ou un secret déposé derrière elle. Les attaquants ont pour but de détruire cette tresse apeurée. Il suffirait, direz-vous, d'en faire le tour, on voit bien que vous n'êtes pas joueur. Tous les moyens humains sont permis, la technique du bélier qui vient vite à l'esprit n'est autorisée qu'à condition qu'un volontaire se présente sans casque pour jouer le boutoir. On a le droit de jeter les plus légers des voltigeurs par-dessus le mur, mais également de les recevoir à coups de garuche de l'autre côté avant qu'ils ne s'emparent de l'objet convoité. Alors on se résout à foncer tout droit avec le plus d'élan et de force possible, autant de fois qu'on le peut jusqu'à ce que cette stratégie bien pensée écroule le mur.

Le fort est une variante sophistiquée du mur pour des joutes à thèmes sur plusieurs jours. Un camp, ou les deux, construisent un enclos dans une sapinière (d'ailleurs plutôt plantée d'épicéas, qu'ici on nomme pesses), à l'aide de branches mortes ou coupées vives à la hachette, nouées de lianes entre les arbres, on en vit de solides, capables de narguer les années, comme le fort Amundsen (il devait s'agir de conquérir le Groenland), dont nous retrouverons les traces tout à l'heure avec Pascaline comme on croit parfois reconnaître dans un cercle plus pâle d'une herbe tendre le décollage d'une soucoupe volante. L'attaque du fort permet de développer dans un premier temps l'art vasco-jurassien de la chistera qui consiste, à l'aide d'une écorce de pesse, sèche et racornie au point de s'incurver comme un garde-boue de bicyclette, à projeter des pommes de pin à toute force, avec un minimum d'adresse, sur les vigies qui commettraient l'imprudence de montrer leur museau aux créneaux de la forteresse. Après, lorsqu'une brèche est ouverte entre deux troncs verticaux, se reporter à la leçon sur le mur. Même si j'ai longtemps cru que mon engagement dans les rangs des objecteurs de conscience devait tout à une analyse politique cohérente, maintenant que j'y pense, il est possible que tous ces jeux que j'abhorrais m'aient semblé une formation militaire suffisante.

C'était la fin du séjour, un peu avant la mi-août, les jours accourcissaient sensiblement, Moirans par la route est à huit kilomètres des Crozets, auxquels il faut ajouter les quinze cents mètres pour monter au village, par la forêt c'est bien plus court, une bonne heure de marche, et nous la connaissions sur le bout des doigts, la forêt, comme nos prières. N'empêche, nous n'étions pas très rassurés avec notre commande punitive de vin de messe. Pas peur de se perdre, non : peur, tout simplement. Jusqu'au fort Amundsen on entendait encore les colons en temps libre s'égayer et s'égailler dans la prairie, puis le rassemblement pour le dîner imposa le silence. Le chemin se raidit, les ombres des pesses s'allongent et les cris des bois viennent remplacer ceux de nos camarades. Un coassement au creux d'une ornière fait trébucher. L'envol d'une buse glace un frisson dans nos moelles. On accélère le pas et les fûts des feuillards semblent se croiser à cache-cache sur l'horizon trop proche, noirâtre sous le ciel indigo. On traverse la route des Pylônes en escaladant une pile de grumes, leurs flèches vibrent comme des lames. Nous savons que le sentier file maintenant vers le nord, tout droit, mais il est défoncé par les énormes tracteurs qui tirent ces grumes jusqu'à la route, et parfois s'en écartent et en brouillent la trace. Il nous faut atteindre au plus vite le lac d'Anthe où une large clairière garde peut-être en creux un résidu de clarté. La grange abandonnée près du lac est hantée, nous le savons depuis toujours, combien de fois un dirigeant nous fit asseoir en cercle pour nous effrayer de quelques histoires de fantômes que ni Stéphane ni moi n'avons le cœur d'évoquer. Nous n'avons échangé que peu de mots depuis le départ, des « c'est par ici », lorsque le sentier disparaissait sous les ornières d'un pneu géant, des « ça va ? », lorsqu'une branche brisée faisait craindre une chute. Et c'est sans se le dire que nous nous mîmes à courir pour dépasser les abords de la ferme hantée. Nous ne nous donnons pas la main, cela ne se fait plus à notre âge, mais chaque effleurement d'épaules fortuit ou provoqué nous rassure, alentit les tremblements qu'on met sur le compte du froid.

Passé la plaine d'Anthe, la forêt se fait plus dense, plus sombre, mais peut-être fait-il déjà nuit noire, le sentier s'élargit, devient carrossable, assez stable pour ne pas être coupé par les engins des forestiers, on marche les bras un peu écartés en avant pour se prévenir des pousses qui giflent les visages. Nous atteignons bientôt la route goudronnée et au creux de la vallée les lumières chiches des premiers lampadaires de Moirans. On peut encore couper les deux derniers virages, et gagner l'église par l'arrière. Une chaleur soudaine fait couler de nos chevelures une sueur salvatrice sur nos fronts.

L'église de Moirans luit sous les réverbères, mais elle est fermée, elle ne nous attend pas, nous avons beau agiter le heurtoir, frapper de nos poings la grande porte, puis celle de la sacristie, personne. Le village est muet, nous n'avons aucune idée de l'heure. Nous n'osons pas cogner à d'autres portes, excepté la plus proche qui a tout l'air d'un presbytère. En vain.

Nous nous asseyons sur la margelle de la fontaine, buvons l'eau glacée au creux de nos mains, sans échanger un regard, de peur d'y croiser une larme. Les rues sont désertes. Nous décidons de rentrer par la route, presque deux heures de marche, bredouilles, avec cette fausse gaieté, cette énergie de la résignation qu'ont les chevaux fourbus qui sentent l'écurie. La colonie est endormie, de rares cris étouffés et joyeux sourdent de la salle des moniteurs à l'autre bout du bâtiment. L'abbé T. est assis sur les marches de son escalier, un fond de vin blanc dans une bouteille posée près de lui, il la soulève comme on trinque et dit : « C'est ça que vous cherchez ? Allez, au lit ! Et pas un bruit. »

Repentir. J'ai écrit que le mot « garuche » est absent des dictionnaires jusqu'alors consultés. Je viens de le trouver dans l'édition de 1904 du Nouveau Larousse illustré, sous la direction de Claude Augé (il avait épousé la petite-nièce de la veuve de Pierre Larousse, c'est dire), et dont je possède l'exemplaire numéro 104.564 :

« *Garuche, nom féminin, argotique : roue, instrument de supplice, prison. Jeux : Variété du jeu d'anguille.*

« *Encyclopédique : Jeu. Le plus simple des jeux dit* d'anguille *est celui dit* la mère Garuche. *On trace un camp, qui est le domaine de la mère Garuche, et dont l'entrée est interdite aux autres joueurs. La mère Garuche se met à la poursuite des joueurs, après avoir annoncé à voix haute : "La mère Garuche sort du camp !" Tout joueur touché par la Garuche devient son enfant et il est poursuivit par les autres joueurs, ainsi que la mère Garuche jusqu'au camp. La mère Garuche recommence ainsi sa chasse en tenant son enfant par la main, et ce jeu se poursuit jusqu'à ce que tous les joueurs soient pris.*

« *La* mère Garuche *se joue encore à cloche-pied, ou bien sans faire de prisonniers, uni-*

quement en repassant le rôle de mère Garuche à celui qui est pris. »

Les cinquante ans qui séparent ces définitions de l'usage qu'on m'apprit de cette satanée garuche illustrent magistralement les progrès de notre civilisation.

13

De quoi avons-nous l'air, dans l'embrasure de cette chapelle sans toit ni plancher, sans porte et sans Dieu ? Moi la tête enflée de souvenirs brouillons, pestant contre une pipe neuve qui ne veut pas s'allumer, et Pascaline, perlée de pluie, souriante comme la spectatrice bienveillante et patiente d'un pèlerinage qui ne la concerne pas mais qu'elle accompagne pénétrée du sens du devoir avec lequel on pousse, à Lourdes, un fauteuil roulant pour se faire un peu d'argent de poche. Nous repassons le petit muret de pierres moussues, et, sans se consulter, prenons par la gauche le chemin du fort Amundsen qui nous éloigne de la voiture. Le sentier est un tapis spongieux d'aiguilles de pin, et, dans la pénombre de la sapinière, les troncs décharnés des pesses dont la canopée cache le ciel ont l'air d'un échafaudage abandonné, déserté par une armée d'esclaves ou de guerriers démobilisés par des siècles d'oubli. Peut-être ceux-là qui jadis édifièrent ce fort Amundsen dont je crois reconnaître le tracé dans les étais couchés en cercle, piqués de quelques clous de charpentier, tordus, rouillés, qui ne crucifièrent jamais personne, sinon quelques jeunes espérances. Nous contournons le pied du mont Fanfi que Madame Desbois gravit jadis en cheveux bleus, talons aiguilles et sac à main, sous la risée de quelques-uns. Madame Desbois, comme son nom l'indique, était l'épouse de Monsieur Desbois, le président du club de basket, à Paris, il dirigeait parfois notre entraînement sans rien connaître de ce sport et insistait pour que nous tirions les lancers francs en dessinant un 6 dans l'air avant de lâcher le ballon, un jour, leur fils est descendu en chemise acheter des cigarettes, il est parti s'engager dans la Légion et n'est jamais revenu, du coup Madame Desbois s'est fait teindre les cheveux en bleu. Au loin sur la route des Pylônes une buée monte du sol comme si les rais du soleil tombés de l'arc-en-ciel faisaient bouillir les flaques de pluie. L'appellation « route des Pylônes » nous est propre, elle est ignorée des Jurassiens qui disent tout simplement « route de Ravilloles » puisqu'elle conduit à ce village, mais la ligne des pylônes qui la suit et vient tangenter la colonie alors dépourvue de courant nous semblait une telle provocation que ce nom lui est resté.

A la fin de l'été, nous enterrions la bouteille, La Bouteille plutôt, sur la route des Pylônes, dans l'un ou l'autre des carrés de pacage que les paysans avaient gagnés sur la forêt et protégés de ses assauts par des murets de pierres sèches. Chaque séjour se déroulait selon un thème historique ou utopique, fondé sur un bon sentiment, la foi, l'espérance et la charité, bien sûr, mais également l'égalité, l'insurrection populaire et l'amitié entre les peuples, qui appartiennent pourtant à l'autre bord. Chaque séjour avait un nom, je me souviens, orthographes reconstituées, de Franciabad, en 1955, puis de Cœurios, Euroville, Amigociudad, et des hymnes afférents :

> « *Oui, j'ai rêvé,*
> *J'ai rêvé souvent*
> *D'une cité*
> *Où dès le réveil,*
> *Le gai soleil*
> *Nous ferait chanter*

Pendant que les gens
S'aimeraient vraiment.
A Paris ou à Bagdad
Ou dans Amigociudad
Je veux que la terre entière
Ne croie plus aux chants de guerre.
Fini le chant du clairon,
Fini le bruit du canon,
On n'entend que ma chanson
Qui s'envole à l'horizon. »

Je ne savais pas que ces mots de mirliton étaient tapis quelque part dans ma mémoire avec l'air qui les scande, ni qu'ils s'échapperaient aussi prestement, bon débarras. Puissent les petites cases ainsi libérées accueillir les quelques vers de Baudelaire qui me font toujours défaut vers la fin du « Vin de l'assassin » :

« *Le chariot aux lourdes roues*
Chargé de pierres et de boues,
Le wagon enragé peut bien
Ecraser ma tête coupable
Ou me couper par le milieu,
Je m'en moque comme de Dieu,
Du Diable ou de la Sainte Table ! »

Sur le mur du réfectoire, on peut encore déchiffrer une carte du Sahara peinte sur un fond qui fut blanc et qui doit correspondre à un thème ancien que je n'ai pas connu.

La veille de l'enterrement de la bouteille avait lieu la casserole, La Casserole plutôt. Les enfants était réunis par classe d'âge, les Salés, les moyens et les piaules, à la veillée, ce soir-là pas de feu de camp, mais un cercle blafard sous une ampoule vacillante, et nous étions livrés sans ménagement à l'esprit critique des moniteurs et de l'abbé qui tournoyait entre les trois groupes : nous passions tour à tour, nommément et publiquement, à la casserole. A l'appel de notre nom, nous nous démarquions du cercle, un pas en avant, les larmes aux yeux, pour entendre un réquisitoire qui se croyait juste sur nos faits et gestes des six semaines écoulées. Rares étaient les compliments, je me souviens de l'un ou l'autre que je ne nomme pas : l'un se vit accuser de ne pas savoir se torcher et de vivre chaque journée comme un singe dans son slip merdeux (le procureur devait rêver d'une civilisation sophistiquée où les singes ne se mouchent pas du pied et portent le caleçon). On reprocha à l'autre de pisser au lit chaque nuit au point qu'on l'appelait parfois

« fromage qui pue », comme s'il n'était pas assez humilié de devoir faire chaque matin sécher son drap (qu'on ne lavait pas) à la fenêtre du dortoir. Je me souviens de Jacques Weber qui, à juste titre mais nous ne le savions pas, refusa qu'on le juge, entra dans une de ses colères qu'il portait en lui et en nombre, colères sans limites qu'il exprimait violemment jusqu'à épuisement de ses forces, la force d'avoir raison, l'énergie désordonnée d'un corps trop grand pour lui, à treize ans, il chaussait déjà du 49, colères que même l'abbé ne savait contraindre, et dont seul Bernard, son frère aîné, venait à bout avec patience et abnégation. Bernard était plus grand que Jacques, il portait des lunettes et un air dégingandé qui justifiaient sa posture d'intellectuel posé dans une société qui en manquait un peu, je l'écoutais parfois échanger avec un certain Yves Géglé (lunettes, cape et béret noirs, mutisme entendu et une aversion totale pour toute activité physique) des propos que je tenais pour philosophiques au prétexte que je n'y comprenais rien. La casserole était un mauvais moment à passer, surtout pour ceux qui n'étaient pas du côté du manche.

Le temps fort de ces séjours à l'ancienne

était « le jeu réalité » qui pouvait s'étendre sur deux ou trois jours. Avec un recul somme toute anachronique, et, puisque le vocabulaire s'y prête, on peut dire que le jeu réalité est au jeu ce que la télé réalité est à la télévision : une escroquerie collective. On y abuse de la naïveté et de la confiance des enfants, qui sont leur lot, comme de celles des téléspectateurs qui n'ont qu'à ne pas regarder. Le jeu réalité ne se présente pas comme un jeu, mais comme la réalité. J'en fus à douze ou treize ans le héros involontaire. J'ai oublié le folklore du thème de l'année, disons Amigociudad, toujours est-il qu'il y était question d'apprentissage de la démocratie. Par groupe d'âge nous devions élire, parmi nous, un député pour nous représenter au sein de l'équipe des dirigeants. Je ne sais pas quel virus m'a piqué (je comprendrais plus tard que j'avais été manipulé, disons convaincu, par un scénario qui m'échappait), toujours est-il que je me présentai au suffrage de mes camarades, candidature doublement plombée, par mon estampille « cul-bénit » (elle avait commencé à perdre de son éclat) et par la candidature, spontanée celle-ci, de Jacques Weber qui mena toute sa campagne en imitant avec talent le général de Gaulle. Jacques était déjà à cette époque sous le joug d'une vocation de saltimbanque plus grosse que lui quand j'avais renoncé depuis peu à devenir pape.

Je n'avais aucune chance et fus élu haut la main, de cette main opportune qui sait bourrer les urnes. Je crus ne devoir ce succès qu'à mes efforts démagogiques qui consistèrent à déposer en bas de l'escalier du dortoir une boîte à chaussures baptisée « boîte à idées », avec la promesse que tous les vœux qu'on y déposerait seraient exaucés sinon dans l'heure, au moins avant la fin de ma mandature.

Le lendemain même de mon élection je fus enlevé au cours d'une marche en équipe, sur la route des Pylônes, par trois hommes encagoulés, et embarqué sans trop de violence dans une automobile que je ne connaissais pas et qui démarra comme l'éclair devant mes camarades aveuglés de surprise. Je n'eus pas le temps de mourir de peur, dès le premier virage les trois moniteurs se dévoilèrent et me conduisirent chez Jacquot Javourez pour deux ou trois jours où les autres colons restèrent sans nouvelles de moi.

Je n'ai évidemment pas assisté à la mise en scène des recherches, je sais que les gendarmes de Moirans y jouèrent leur rôle avec une rituelle complicité, et que la mobilisation contre cette atteinte criminelle à une démocratie naissante, mettons Amigociudad, fut exemplaire. Je suppose qu'on organisa des battues exténuantes, qu'on reçut des demandes de rançon, des tracts contre-révolutionnaires, qu'on aperçut des ombres louches à la tombée de la nuit, qu'on ne les attrapa pas. Quand l'apprentissage de la peur et de la crédulité sembla acquis, après deux jours et deux nuits passés comme un enfant choyé avec les fils de Jacquot, on organisa mon retour. On me conduisit sur la vieille route des Ronchaux, me bâillonna et ligota serré, on me descendit dans une grotte dont l'entrée à fleur de sol fut obturée de branchages, au cas où un tigre viendrait à passer. J'avais reçu d'ultimes instructions : j'étais resté sans manger ni boire, les yeux bandés dans un endroit que je ne saurais décrire, harcelé par des adultes patibulaires et armés. Et surtout ne jamais révéler que tout cela était pour rire. Je ne riais pas. Je ne sais pas quels indices conduisirent la colonie entière en manifestation démocratique jusqu'à la grotte, avec ses calicots, ses slogans et son chant révolutionnaire, à Paris ou à Bagdad, ou dans Amigociudad, ni qui cria le premier : Il est là ! sans tomber dans le piège.

J'étais le héros d'un jour, contrarié et fier du secret que je devais garder et que je trahis aujourd'hui.

Le jour suivant la casserole, le dernier ou l'avant-dernier du séjour, sur un papier décoré, brûlé aux contours comme un poème d'adolescent, on inscrivait le nom de la colonie, les dates du séjour, la liste de tous les participants. Cette année-là, en tant que délégué et martyr des plus grands, je fus invité à signer le parchemin. On le glissait roulé, ceint d'un ruban rouge et d'un sceau de cire, dans une bouteille, La Bouteille, qu'on allait enterrer en grande pompe et en uniforme dans un trou creusé par un grand, à la pelle-bêche de stock américain, sur la route des Pylônes. Quel espoir avait-on que cette bouteille jetée dans une mer lourde, immobile et caillouteuse s'échoue un jour sur la moindre grève ? Je sais quelques carrés de pâture où l'une ou l'autre gît avec cette centaine de noms enfermés comme les dépouilles dérisoires d'équipages marins dans la bouteille d'un macabre maquettiste, verre brisé par de telluriques frémissements, noms déversés à jamais dans l'humus de leur fosse commune.

Pascaline fait quelques pas dans l'herbe mouillée, elle s'amuse : Là ? dit-elle, ici plutôt, non, un peu à gauche, elle fait mime de creuser, vous savez que j'ai une pelle dans la voiture ? Je n'ai jamais entendu dire qu'un habitant des Crozets, un chasseur, un forestier, ait un jour exhumé l'un de ces concentrés de mémoire, ils sont au purgatoire, comme les louis d'or de Cyrille.

14

A mon retour à Paris, en réponse au petit mot aimable que je lui avais envoyé, m'attendait une nouvelle lettre de Christophe Casanove, datée du 25 septembre 2009, avec cette fois son adresse personnelle au Vésinet, et un numéro de téléphone portable :

« *D'accord pour se rencontrer plutôt que de s'écrire, c'était mon souhait dès le premier mot de ma première lettre. Mais si j'ai vu ta photo dans* Le Point, *je te dois quelques précisions me concernant, pour adoucir nos retrouvailles.*

« *Prenant le souvenir que tu gardes de moi à l'âge de 17 ans, tu lui ajoutes une quarantaine de kilos, tu lui retires pas mal de cheveux et tu y poses une de ces moustaches blanches qui par leur côté "british" donnent du caractère à un visage mièvre, enfin tu conserves les yeux bleus mais moins ardents.*

« C'est dire combien sera rude le combat dans lequel notre complicité émoussée affrontera notre désenchantement.

« Haut les cœurs ! Je t'appelle dans quelques jours (ton délai de désistement). Amitiés, Christophe. »

Bien sûr le ton semble plus rasséréné que celui du courrier précédent. Plus simple, il n'invite cependant pas à se jeter dans les bras l'un de l'autre en courant nus sur la plage déserte au coucher d'un soleil de braise. L'allusion au « *délai de désistement* » qu'il m'octroie laisse augurer un garçon un peu compliqué, et comme il considère que la durée de ce délai lui appartient, attendons. Son autoportrait m'invite à me regarder en face : moi aussi, j'ai dépassé tristement le quintal, la photo du *Point*, dont je ne me souviens pas et dont rien ne dit qu'elle me montrait en pied, devait être le fait d'un professionnel avenant et j'avais dû rentrer le ventre. Je garde mes cheveux, avec plus de sel que de poivre. Je n'ai jamais porté de moustache mais tolère depuis quelques mois une barbe clairsemée, en broussaille, plus par paresse de me raser que par coquetterie. Je n'ai pas le moindre côté « british » et me désole qu'à chacun de mes séjours dans un pays étranger on me prenne systématiquement pour un Français. Si, depuis quarante-cinq ans que nous ne nous sommes pas vus, le hasard a voulu que nous nous croisions, il n'est pas étonnant que nous ne nous soyons pas reconnus.

Je n'ai guère fréquenté Neuilly, depuis ce temps : deux ans au lycée Pasteur, mais Christophe n'y était plus. Le jeudi, j'accompagnais les jeunes élèves de Sainte-Croix de Neuilly de l'avenue du Roule au stade de la porte Dauphine, avec Vincent Pétiard, le frère de Jean-François, qui m'avait introduit dans ce petit travail à quatre sous de moniteur sportif. L'un de ces enfants devint maire de Neuilly, et même pire. J'aimerais me souvenir que je lui ai botté le derrière, mais c'est un peu trop demander. J'achetai quelques fripes dans un stock américain de la rue de Chartres. Bien plus récemment j'ai accompagné Agathe pour des examens à l'Hôpital américain, mais Agathe. Voilà toute l'étendue de mon commerce avec Neuilly. Je n'y ai jamais commandé d'architecture domestique et j'ignorais que la maison Casanove s'y était déplacée après que son dépôt du boulevard Gouvion-Saint-Cyr eut été frappé d'alignement. Bref, les chances d'une rencontre étaient plutôt minces, et je n'y pensais pas.

J'ai revu tous les autres que tu cites dans ta première lettre, au moins pendant les années que dura la colonie. Tu en appelles « *à Stéphane et à Emile, à Bernard et à Jacques Weber, aux frères Brunet et aux frères Lacroix... à Pierre Harang* ». J'ai déjà évoqué les premiers.

Jacques Weber est mon exact contemporain, comme dirait Pierre Bergounioux qui l'est aussi. Naguère on se vantait d'être « de la classe », mais les sursis, les exemptions généralisées, puis la fin de la conscription ont fait perdre sa pertinence à cette expression militaire. Le copain de régiment est une figure disparue. Jacques est né en août de l'année qui me vit naître en avril, la mère de son parrain, Madame Roselet, habitait avenue de la Grande-Armée, au quatrième étage sur rue, quand nous habitions au cinquième sur cour (les Weber rue Ruhmkorff, l'ingénieur allemand qui inventa la bobine d'induction, vint mourir à Paris, et y gagner une rue à son nom que je n'ai jamais su prononcer). Madame Roselet était modiste, elle collectionnait (tout au moins en avait-elle des douzaines) les bouteilles vides de parfumerie, elle nous garda souvent, Jacques et moi, dès que nous avons eu six et dix mois, et nous jouions pendant des heures dans sa salle de bains (une pièce qui manquait à notre appartement) avec sa collection de flacons, si bien que je tiens Jacques pour mon plus ancien camarade de jeux. Madame Roselet, lorsqu'elle prit sa retraite, à supposer qu'elle ait jamais vécu de son travail, s'installa à Neuilly. Comme quoi, Neuilly. Elle s'y déshabillait devant la télévision, mais l'éteignait de toute urgence dès qu'y apparaissait Léon Zitrone avec, disait-elle, son œil inquiétant de voyeur.

Jacques et moi fûmes des amis de flaconnage, de patronage et de colonie jusqu'à nos vingt ans. J'ai dit ses colères et sa vocation irréfragable de comédien, elle le prit très tôt et ne nous lâcha pas. Il nous forçait à lui donner la réplique, je n'y étais pas le plus assidu, mais je me souviens avoir dit, sur la petite scène de la rue Roger-Bacon, des dizaines de fois, dans le rôle du fâcheux : « Mais le duc de Candale a le bras long ! », « Moins long que n'est le mien quand je lui mets cette rallonge », et les quelques répliques suivantes qui dans la scène IV du premier acte conduisent à la trop fameuse tirade des nez. A treize ou quatorze ans Jacques Weber jouait déjà Cyrano et il n'en guérit pas. Nous avons passé le BEPC ensemble, mais il ne le passa pas : au moment de produire sa pièce d'identité, on s'aperçut qu'il avait par erreur le matin même enfilé l'imperméable de son père, portefeuille compris, la photo ne collait pas. Plus tard, lorsque, fort de son prix d'excellence à la sortie du Conservatoire, il préféra suivre Robert Hossein à Reims, plutôt que d'entrer à la Comédie-Française, nous allâmes, Jef et moi, lui rendre visite. Il jouait *Les Bas-Fonds*, Hossein nous accueillit par un tonitruant : « Salut les pédés ! » que nous ne méritions pas. Il y a quarante ans. Nous ne nous sommes jamais revus. Peu de temps après, je lui écrivis une lettre dont je ne suis pas fier. Je découvrais l'oisiveté.

La notoriété de Jacques Weber, que nous avons fini par appeler « Weber » tout court puisque nous n'avions plus de nouvelles de Bernard ni de leurs sœurs, m'a permis de ne jamais vraiment le quitter des yeux, certains d'entre nous vont régulièrement le voir au théâtre où il les accueille chaleureusement. A le voir paraître, je dois me résoudre à croire que vieillir, pour Casanove qui l'avoue, Weber et moi, mais il faudrait élargir le panel, consiste pour un ancien du patronage, comme pour un sénateur, à prendre du poids, un petit kilo par an quand les lieux que nous avons connus se décharnent, disparaissent sous la mousse de l'oubli, s'écroulent et ensevelissent leur charpente osseuse dans des décombres obscurs que la terre reprend déjà, comme elle nous reprendra nous-mêmes bientôt, aspergés ou non d'eau bénite et de regrets.

Yves Brunet n'est pas mort pendu à la poutre de la nouvelle chapelle, mais il est mort. Les frères Brunet dont tu écris le patronyme étaient quatre dont une sœur, Claude et Annie que nous connaissions peu, plus âgés, Yves qui avait ton âge et qu'on appelait Dadame (j'ignore pourquoi, il n'en avait pas les manières), et Jean, dit Minouche, qui a le mien. Je ne suis jamais resté sans nouvelles de cette fratrie car nos mères, des payses morvandelles, sont restées en contact. Jean était un garçon lumineux, sportif, toujours prêt à accepter le rôle de chef d'équipe, et à gagner tous les concours où il fallait sauter, courir ou viser juste. Il fut victime du seul accident notable que j'ai connu à la colonie, un bras cassé en retombant du sautoir dans le bac de sciure. Le saut fut homologué. La sciure dont Les Crozets produisaient des quintaux était un matériau de base de notre vie : on en marquait le périmètre du terrain de foot, on en jonchait les sols afin que le balai emporte toute crasse, et lors des rares séjours hivernaux on la brûlait dans un poêle supposé conçu pour ça mais qui gardait pour lui le peu de chaleur produite. La mémoire collective rapporte le cas plus ancien et plus grave d'un œil crevé par un archer amateur, sans pourtant que cet accident n'entraîne à sa suite l'interdiction de cintrer des branches de noisetiers, tendues d'une ficelle pelucheuse où nous introduisions l'encoche de flèches acérées avec assez de maladresse pour n'éborgner personne.

Nous avions le couteau facile, pour écorcer ces flèches dont les éclisses tendres verdissent les doigts, pour peler les patates de nos pique-niques, sculpter des poignards aiguisés, et se livrer au jeu cruel de la pichenette. La pichenette consiste à réaliser des figures, des pirouettes répertoriées dans un ordre strict au lancer de couteau, à l'étape ultime, on devait poser sa main gauche (la droite pour les gauchers) à plat sur une planchette, et de son couteau fermement tenu dans l'autre poing, le planter le plus vite possible dans les espaces ménagés entre les doigts écartés, tac tac tac, jusqu'au premier sang. La Rolls du couteau de poche était le couteau dit « à cran d'arrêt », venait ensuite l'Opinel La Main Couronnée n° 8, à virole, que l'on pouvait acheter chez Marie-Thérèse. Joseph Opinel qui l'inventa en 1890 n'est pas jurassien, mais savoyard.

Les Brunet habitaient un trop petit rez-de-chaussée cité Ferembach, que nous appelions à tort impasse Saint-Ferdinand. Monsieur Brunet était un homme droit, jovial, souvent en bleu de chauffe, il aurait pu représenter un de ces prolétaires bien propres et conscients de leur condition que l'on rencontre dans les films d'Yves Robert, il conduisait des métros et m'apprenait à nager à la piscine de l'Etoile avant qu'on ne la transforme en boîte de nuit. Dans ma famille, personne ne savait nager, ni conduire de métros. Mon admiration et mon affection pour Monsieur Brunet n'étaient pas feintes. Il est mort brutalement, laissant quatre orphelins hébétés et quelques enfants, dont moi, paniqués au milieu du grand bain. Je n'ai jamais vraiment terminé mon apprentissage de la nage et, chaque fois que je vois Agathe s'échapper vers le large avec la fluidité d'une sirène, je reste pantois là où l'on a pied, avec une petite pointe de regret pour Monsieur Brunet. Madame Morvan, la grand-mère maternelle des Brunet, était la concierge de l'immeuble juste en face de chez nous. Ses petits-enfants venaient consoler leur deuil à la maison, à grands coups de Monopoly. Jean et moi nous étions beaucoup battus, en huitième, la classe de Madame Brunaud, pour nous partager les deux premières places du classement mensuel, mais puisqu'il était triste, nous le laissions gagner au Monopoly.

Il avait la passion du commerce, s'était jeté adolescent à corps perdu dans la distribution au porte-à-porte de produits lessiviels de marque Swipe, qu'il prétendait à tort ou à raison de fabrication américaine, garantie d'excellence. Il nous enrôla dans son escouade de démarcheurs, puis étendit la gamme de ses articles au Lavapelle, un savon sablonneux en tube dont l'argumentaire de vente reposait essentiellement sur l'éventualité d'une crevaison en automobile, vous vous encrassiez les doigts sur le cambouis d'écrous récalcitrants, et hop, Lavapelle, la toilette sans eau, comme la boucherie du même nom. Aucun d'entre nous n'avait l'âge de conduire. Il fut bientôt tenté par la profession d'inventeur, et conçut un prototype de cintre sur mesure, en forme de chaussette, censé faciliter leur séchage. Je ne sais pas s'il en déposa le brevet.

J'appris qu'il devint expert-comptable, gérant d'un golf, impresario d'une chanteuse asiatique, et président de la Fédération française de badminton. Je ne l'ai pas revu, mais j'ai eu la surprise, il y a une quinzaine d'années, à Albion près de Port-Louis, chez Carl de Souza, de découvrir une photo de groupe où, pas loin de Carl, mon Jean Brunet hilare, en imperméable et chemise blanche, regardait vers le ciel. Une image prise au diable lors d'une réunion internationale, Carl était alors président de la Fédération mauricienne de badminton. Je ne pense pas qu'il faille s'en vanter, mais je dois être un des rares Occidentaux à s'être rendu à plusieurs reprises à l'île Maurice sans y avoir pris le moindre bain de mer. Il faut dire que mon apprentissage de la nage reste incomplet.

15

On ne se baignait pas aux Crozets. Les seules activités aquatiques que nous connaissions étaient la marche sous la pluie, la pêche aux écrevisses, la toilette sauvage au bord des ruisseaux et la douche infernale. Parfois un tour en bateau sur le lac Léman. Mais il n'en a pas toujours été ainsi. Je me souviens de jours très anciens où nous nous rendions à pied au lac de Ravilloles. Il fallait descendre jusqu'à la source, passer derrière l'ancienne chapelle (alors encore en activité) où les vestiges d'un pont, dont le tablier était depuis longtemps tombé à l'eau, n'offraient plus que deux poutres vermoulues, jetées sur l'autre bord du Lizon et qu'il fallait traverser, les bras en balancier, la serviette en écharpe, on n'y tombait pas de haut. De l'autre côté, un sentier poussait ses ornières jusqu'à la Scierie brûlée.

On suivait alors la route goudronnée dans tous ses virages jusqu'au croisement avec celle de Leschères. Là un petit sentier descendait sur la droite vers le lac de Ravilloles, en fait un étang verdâtre et ombreux, quasi stagnant, qui sentait la grenouille et le moisi. Sous l'œil d'un moniteur qui, lui non plus, ne savait pas nager, on pénétrait dans l'eau jusqu'à mi-cuisse, en slip (le maillot de bain ne figurait pas au trousseau), les pieds pris comme par des sangsues dans le fond spongieux, et regagnait aussitôt la berge en tremblant de froid, gluants de cette eau moirée qui dégouttait longtemps de nos serviettes-éponges. Quelques fiers-à-bras s'aventuraient parfois au-delà de la ligne de flottaison, ils faisaient semblant de savoir nager et ne se noyèrent pas.

Christian Lacroix, fort de porter souvent une marinière et un béret de matelot à pompon rouge, était de ceux-là. Je ne me souviens pas du nom du bâtiment brodé d'or sur son front. Ces sorties nautiques furent très tôt interrompues par crainte de la poliomyélite, qui sévissait à la ronde et dont on accusa le lac de propager les virus. Cette maladie contagieuse, aujourd'hui éradiquée de nos régions, était alors, en plus du réel désastre qu'elle entraîna, l'objet de fantasmes cauchemardesques pour les enfants que nous étions (la vaccination, mise au point en 1955 ou 1957, ne fut obligatoire qu'en 1964, j'avais quinze ans), je revois les photos de gamins tordus, impotents, hagards et presque nus sur leur chaise roulante, entre leurs cannes anglaises, qui semblaient nous menacer de devenir comme eux si nous osions remettre un doigt dans le lac. Longtemps après les eaux du lac de Ravilloles furent analysées et déclarées saines, mais trop tard, nous avions pris la bonne habitude de ne jamais plus nous baigner, et je ne vis la mer, de loin, pour la première fois, qu'à dix-sept ans.

Christian Lacroix, un an de plus que moi, était un dur. Pas un de ces vrais durs violents dont la colonie ne manquait pas, les Gérard D. qui cognait d'abord, Gérard P. qui marchait sur les mains, ou Petit-Gros (avait-il un autre nom ?) que je revis sur le pont de Levallois casser à coups de masse les pare-brise qui ne lui revenaient pas. Non, Christian était un costaud, un type qui ne recule pas devant l'effort, un vrai cœur vaillant : cœur d'or, ardent, et entraîneur tout à la fois. J'admirais sa musculature, ses pectoraux qu'il ne cachait pas, le rapport simple qu'il avait avec son corps quand j'avais honte du mien. Et plus tard son culot pour tomber amoureux, et le leur dire, de filles que nous osions à peine regarder.

Christian Lacroix était le chef d'équipe, le capitaine au basket, le premier en haut du col, à attraper une truite à main nue, ses garuches étaient exemplaires et son charisme souriant, il savait entraîner par l'exemple, préférant l'action à la réflexion, ce qui n'empêche pas de réfléchir, il avait tout pour déplaire à Christophe Casanove et ne lui déplaisait peut-être pas. Rien d'un cul-bénit. Les Lacroix formaient une famille essentielle à la vie de notre petit univers, et le tiraient plutôt du côté prolétaire que du nôtre, un peu sentencieux. Le père, que nous appelions « Poum », allez savoir pourquoi, était hirondelle, cet agent de police à bicyclette et pèlerine qui travaille en doublette tandis que de plus chanceux se gobergent en voiture pie. Il préférait sa tranquillité à une éventuelle promotion qui ne vint pas, le pastis à l'eau bénite, et attendait la fin des messes au bistrot d'en face. Il était jovial et s'endormait facilement au milieu des repas, ses propres ronflements le réveillaient en sursaut, il assurait, bougon, qu'il ne dormait pas. Je crois bien que Poum s'appelait André, il conduisait le vieux Jo pour la fête du basket et tenait la buvette.

Madame Lacroix, Suzanne, était concierge au 92 de l'avenue des Ternes, où logeaient également au fond de la cour les Tupin que la lettre n'évoque pas et les Films Fernand Rivers qui laissèrent peu de chefs-d'œuvre au patrimoine du cinéma français. Petite femme faussement sévère, à la voix si pointue, c'est elle qui faisait la police. Je n'ai jamais bien compris comment on pouvait vivre avec quatre enfants et une télévision dans une loge si petite : Roseline, Blondine, Jean-Robert et Christian.

J'ai peu connu Roseline qui vint pourtant une année ou deux aux Crozets pour y faire la vaisselle, avec deux sœurs dont l'une au moins s'appelait Nadia. Jean-Robert y fut assidu et y tint à plusieurs reprises le rôle d'intendant. L'intendant était un rouage essentiel de la colonie, titulaire indispensable du permis de conduire (l'abbé conduisait peu et sans permis), on louait chez Grenard à Saint-Claude, après que le vieux Jo eut rendu l'âme, une fourgonnette Ford pour se rendre avant l'aube, chaque samedi, au marché de la sous-préfecture (mais siège de l'évêché), faire le ravitaillement de la semaine. Il était épaulé par deux sous-intendants, Léonard dont je ne sais rien d'autre que le sobriquet, Léopard, et mon frère Pierre qui lui succéda.

L'intendance était en général assurée par l'un des nôtres qui montrait peu de goût pour le monitorat, j'en fus pourtant chargé une année, avec David Loiselet, bien que nous eûmes l'un et l'autre, lui les années précédentes, moi les deux suivantes (les deux dernières), la responsabilité de l'ensemble, qui répondait au titre de « chef de colo ». Nous avions loué un Ford Transit de première génération assez amusant (on passait des codes en phares à l'aide d'une pédale) sur lequel je fis le brouillon des premiers dérapages que je crus contrôler. J'aimais le marché de Saint-Claude, pour les pipes de bruyère achetées chez Paul Viou, et les chopines de blanc de « C'est bien facile », une veuve chétive qui tenait bistrot près de la halle et accueillait chaque commande, invariablement, par un « C'est bien facile » qui lui valut son nom. J'avais connu David adolescent superbe, puis séminariste, puis sous-diacre et diacre, il a huit ans de plus que moi, son cursus sacerdotal se poursuivait à l'inverse exact des progrès de mon anticléricalisme, et faute de l'avoir convaincu d'abandonner l'exploration de cette impasse professionnelle, je boudai la cérémonie de son ordination. Il finit pourtant par quitter la prêtrise, cédant à un argument que je n'avais pas su avancer : il épousa ma sœur et demeure ainsi, au-delà de nos liens familiaux, l'un de mes plus chers amis.

Blondine Lacroix devint infirmière. La colonie, en probable et désinvolte respect d'obligations sanitaires drastiques, disposait d'un local appelé infirmerie qui n'avait jusque-là jamais trouvé de titulaire, mais que l'on pouvait éventuellement présenter à un inspecteur (qui, heureusement, ne vint pas), le jour où, ce n'est vraiment pas de chance, l'infirmière serait en congé. La pièce, au bout des piaules du rez-de-chaussée, était la plus délabrée des bâtiments, elle n'en faisait même pas vraiment partie : ajoutée à la diable, elle ne demandait qu'à s'en séparer (aujourd'hui c'est fait), tirant sur ses solives au point de les déchausser du mur porteur et ménager ainsi une fente de ciel bleu où s'introduisait la pluie à verse. Il ne faisait pas bon chercher de l'aspirine un jour d'orage.

Blondine Lacroix, diplôme en poche, vint passer ses étés dans cette officine spartiate : une toise, une balance, et une petite armoire à pharmacie avec un peu de gaze, du mercurochrome, et le registre des poids et mesures : nous défilions au début et à la fin du séjour, comme au conseil de révision, mesurés, emballés, pesés, il était de bon ton de prendre un ou deux kilos et autant de centimètres. Blondine était une jeune fille pétillante, stricte et souriante, avenante, la seule représentante du beau sexe à le représenter vraiment. Elle porta pendant près de cinquante ans un chignon censé la grandir un peu, et, curieusement, aujourd'hui qu'elle ne le porte plus et met des souliers plats, elle paraît moins petite. Car je n'ai jamais perdu de vue ni Blondine, ni ses frères.

Les deux garçons apprirent le métier de la fonderie, et la carrière de Christian dont j'ai dit toute l'énergie fut coupée en deux par un grave accident de travail dont il se remit à prix fort : une charge de fonte s'est détachée d'un palan et l'a écrasé pour moitié.

Les précautions de ségrégation des sexes à la colonie, du temps de l'abbé T., étaient sévères, proches de la paranoïa, et il fallut attendre son départ pour y accueillir des couples mariés, les Piednoir, Jean-Louis couvrit d'abord puis réforma nos mauvaises habitudes, et les Tourneur, Antoine, qui était cuisinier à l'Education nationale, vint remplacer avantageusement les recettes de Belinda par les siennes. Mais ces précautions n'étaient pas étanches. Mon frère Pierre, qu'on appelait parfois Johnny, à la faveur d'une ressemblance heureusement éphémère avec un chanteur débutant (on avait détourné une de ses chansons, allusion à la difficulté de chauffer les douches : « … un jour tu finiras dans la chaudière, les bras-a-z'en croix »), Pierre, donc, l'intendant, et Blondine Lacroix, l'infirmière, y poursuivirent une fréquentation enviée, née depuis bien longtemps à Paris et qui dure encore, au nez et à la barbe de l'abbé.

16

Mon cher Christophe Casanove, je ne t'écrirai pas de nouveau, mais c'est à toi que je m'adresse in petto, comme on parle seul, parfois, bien avant de devenir fou, entraîné par le pas d'une promenade, un air chantonné et, sans qu'on y prenne garde, une phrase que l'on croit seulement pensée dans la pudeur du silence passe le détroit des lèvres et s'échappe dans un murmure. Un passant se retourne. Ou seul en auto au feu rouge, en se grattant le nez, ou se tordant le cou pour taquiner un bouton de fièvre dans le rétroviseur, ou dans la monotonie d'une autoroute, plusieurs répliques se suivent, on anticipe une conversation qui n'aura jamais lieu, en tous cas pas en ces termes qui nous donnent le beau rôle. Christophe, j'ignore la durée de ce que tu appelles «*mon délai de désistement*», voilà de nombreuses semaines que je t'ai proposé une rencontre, tu m'as promis de me téléphoner pour prendre rendez-vous. Je n'accorde pas autant d'importance que toi à ces retrouvailles, je les souhaite avec nostalgie et sans mélancolie, je n'ai pas l'inquiétude de savoir «*combien sera rude le combat dans lequel notre complicité émoussée affrontera notre désenchantement*», ces mots ne me concernent pas, pas de combat, pas d'affrontement, pas de désenchantement. Rien ne dit que la complicité dont tu parles est émoussée, il est ainsi des partitions, qui avaient glissé derrière le piano, en poussière, jaunies, fripées, disparues, jamais jouées et qui, remontant des limbes un soir de ménage ou de déménagement, posées sans y croire sur le lutrin, retrouvent sous les doigts du pianiste la fluidité d'un air sifflé la veille, comme si on ne l'avait jamais oublié.

J'ai relu ta lettre bravement anonyme, j'ai fouillé du mieux que j'ai pu cette mémoire embrumée que je tentais alors d'entraîner comme un muscle sur des souvenirs esseulés, tu m'as donné le champ d'exercices plus précis, tu es devenu le sparring-partner de mes assouplissements, difficilement et dans le désordre aux premiers rounds, maintenant tout défile, et, comme disait Madame Ladrat, les mots me tombent comme la crotte au cul d'un âne. Il me faudra bientôt y revenir la pelle à la main et jeter tout cela au lisier.

Tu te rappelles ceci (moi pas, ou mal) : « *Une année, nous avions refait le plancher de l'étage du deuxième bâtiment intermédiaire et à un moment où j'y travaillais seul tu étais venu me rejoindre, on se retrouvait à chaque opportunité, l'abbé avait surgi dans l'espoir de nous surprendre, mais notre amitié était aussi platonique qu'absolue et il avait juste réussi à me faire si peur que j'avais lâché mon chasse-clou qui, après rebond, l'avait atteint, faisant apparaître une goutte de sang sur son crâne dégarni.* » On appelait « clous à têtes homme » ces pointes de charpentier qu'on enfonce dans les rainures bouvetées des lames de parquet. Je me souviens des piaules insalubres, quatre pièces sur deux étages, reliées par un escalier branlant, je me souviens des loirs qu'on entendait courir dans les combles. On disait que l'abbé les tirait au fusil, mais je ne fus jamais témoin de la scène, ni ne vis de fusil. J'ai assez peu séjourné dans ces piaules (le mot chambre était réservé à celle de l'abbé et lorsqu'on disait « les piaules », cela désignait autant les lieux que ceux qui les occupaient), je crois qu'elle furent désaffectées pendant le premier séjour où j'y fus admis. Désaffectées et aussitôt réaffectées aux moniteurs, qui logeaient jusque-là dans des cases de bois inflammable au-dessus des moyens. Plus tard, jeune moniteur, dans cette piaule qui ouvre en vertige sur une absence de balcon, je purgerais une crise d'oreillons qui n'était plus de mon âge, ma petite fiancée viendrait chaque jour attiédir mes fièvres, nous serions alors bien loin de votre temps, le tien et celui de l'abbé.

Vous, les castors, construisîtes ce dortoir neuf pour les plus grands, au-dessus de la salle de jeux, où nous viendrons nous installer en cours de séjour, vous aviez quinze ou seize ans, mon frère Pierre était des vôtres. Est-ce pendant ce chantier qu'il faut replacer l'affaire du chasse-clou ? ou plus tard, lorsque vous reviendrez sur nos têtes ourdir un second plancher inutile qu'aucun escalier ne dessert ? Je ne sais pas, tout cela est brouillé et troublant, les mots que tu emploies ressortissent au vocabulaire amoureux auquel je suis incapable aujourd'hui de t'associer, ni d'exclure tout à fait qu'ils correspondent à notre relation d'alors. Ce flou devant lequel ma mémoire piétine, qu'elle refuse comme un cheval l'obstacle, est peut-être la première rature ou le premier trait du grattoir de l'oubli. Ma gêne d'aujourd'hui est-elle l'ombre portée de la fébrilité affectueuse de nos rencontres anciennes ? Va savoir.

J'ai fait lire ta lettre anonyme à mon frère Pierre, qui, comme toi, plus que toi, était un fameux cogneur de clous. Il se souvient de tout depuis que l'on sait que l'amnésie n'est pas héréditaire. Il se souvient du plancher, du marteau et des pointes, des échardes et des coups sur les doigts, que le marteau t'échappa, que son rebond vint frapper le crâne de l'abbé. Qu'il saigna. Il se souvient surtout qu'il était là et que je n'y étais pas. Va savoir.

J'attends ton coup de téléphone.

17

Premier novembre 1970, jour de Toussaint, bal tragique à Saint-Laurent-du-Pont, Isère. Cent quarante-six jeunes gens, presque tous sont mineurs, périssent brûlés dans l'incendie d'un hangar mal conçu qui servait avec succès de boîte de nuit dans une clairière de la Chartreuse, le Cinq-Sept. On y venait en car de tout le département, et même de Lyon. Il était deux heures moins le quart la veille du jour des morts, les Storm jouaient un rock d'enfer à grands coups de décibels, les deux pistes de danse étaient combles, grouillantes, et les jeunes gens heureux, quand soudain le local s'embrase dans un éclair de flammes bleues, s'emplit des gaz toxiques dégagés par les matériaux hors norme du décor en polyuréthane rigide et le contreplaqué des gaines de chauffage. Personne ne peut s'enfuir, les deux sorties de secours ont été verrouillées pour éloigner les resquilleurs et les tourniquets de l'entrée se bloquent dans le sens de la sortie. Cent quarante-six morts asphyxiés, carbonisés, entassés en trois grappes macabres près de ces leurres d'échappée belle.

Quarante ans plus tard, on peut encore voir les tourniquets métalliques meurtriers, conservés dans l'herbe, pour mémoire, avec ce placard délavé :

« *Placés dans le hall d'entrée, ces tourniquets faits par des hommes inconscients et avides d'argent ont provoqué la mort de 144 enfants brûlés le 01-11-1970* ».

Les deux victimes adultes qui manquent à l'appel étaient gérants de la boîte. Guy Debord rédigea sept pages serrées sur l'affaire, pour le numéro 13 de la revue *Internationale situationniste*, dont il ressort que le grand capital, son mépris et sa peur de la jeunesse portent l'entière responsabilité du drame. « *Mais, finalement*, écrit-il, *ce n'est pas la jeunesse, en tant qu'état passager, qui menace l'ordre social : c'est la critique révolutionnaire moderne, en actes et en théorie, dont l'expansion rapide se manifeste partout à dater d'un moment historique que nous venons de vivre.* »

Neuf jours plus tard, un nouveau moment historique vient recouvrir le précédent : le général de Gaulle meurt en maniant un jeu de cartes, son front heurte le tapis vert de sa réussite avortée, éparpillée sous le choc. *Hara-Kiri hebdo* titre :

« *Bal tragique à Colombey : 1 mort* ».

Ces deux événements conjugués eurent, au-delà de la douleur de deuils légitimes, des conséquences subalternes et navrantes : *Hara-Kiri hebdo* fut aussitôt interdit et la colonie des Crozets fermée. Le drame de Saint-Laurent-du-Pont réveilla quelques mauvaises consciences politiques, spécialisées dans les précautions d'après-coup, et l'Etat dépêcha, comme dirait Danièle Gilbert, des escouades d'inspecteurs sanitaires aux quatre coins de l'hexagone.

Nos bâtiments étaient vétustes, toutes les cloisons, les planchers, armoires, escaliers bricolés dans du bois de résineux, sec comme une allumette, sans qu'il ait subi la moindre tentative ou menace d'ignifugation, bien au contraire : le réseau électrique était cloué directement sur les poutres, avec sa réserve d'étincelles. L'eau manquait d'analyse, les douches produisaient plus de rouille que d'hygiène, l'infirmerie sans titulaire en voie d'effondrement, le personnel mal diplômé, les cuisines engraissaient des loirs, la chambre froide faisait un peu de température, mais les cœurs restaient vaillants et les âmes en voie de rédemption. Le sang de l'inspecteur n'eut qu'un tour à faire, un rapport à l'encre rouge, et les scellés posés sur ce qui restait des portes. On dit même qu'il rendit grâce à Dieu d'avoir su différer une tragédie promise.

Le devis de mise aux normes dépassait d'une tête le budget de la paroisse qui avait d'autres chapitres à fouetter. La colonie fut définitivement fermée quand *Hara-Kiri* avait reparu dès la semaine suivant son interdiction, sous le titre de *Charlie-Hebdo*.

A la veille de cet été 1971, nous avions déjà une soixantaine d'inscrits qu'il fallut égailler dans des établissements voisins dont l'équipement trop moderne et douillet nous paraissait sinon méprisable, au moins suspect et bien éloigné des frugalités qui feront de ces enfants des hommes. J'entamai une tournée des colonies du Jura pour souhaiter la bienvenue aux colons que j'y avais placés. Puis je me rendis aux Crozets où je devais réceptionner une chambre froide flambant neuve, un geste de bonne volonté que l'inspecteur ne voulut pas entendre, et que j'eus bien du mal à revendre.

Nous décidâmes, Jef et moi, tout à trac, d'y rester.

Nous avions vingt-deux ans, nous nous étions monté le bourrichon à Paris contre la vanité des choses, nous ne croyions plus à rien. Ma petite fiancée était en voie d'être remplacée (et de me remplacer derechef par un agent de police de sa parentèle qui lui offrit un briquet en or et des idées nouvelles). Jef avait pris en grippe son métier de tôlier carrossier qu'il avait appris chez Citroën, dans le département le plus noble, celui des prototypes (on lui doit les portes avant de la Dyane), mais qu'il exerçait dorénavant chez Hennequin, rue Keller, à étamer des culs de chaudron. Jean-Louis Piednoir nous prêta son break R12 blanc pour déménager nos maigres trousseaux.

Nous nous étions fait établir des papiers d'identité de Citoyens du Monde. Sur les miens, à la rubrique profession, j'avais fait inscrire « rienfaiseur » avec l'intention de m'y tenir. Nous étions contre les frontières, la violence, les religions établies, les chasseurs et les contributions directes. Pour la paix, l'amitié entre les peuples, les poêles à bois et les jeunes filles consentantes. Je me donnais de l'importance en prétextant qu'une certaine prudence m'obligeait à ne pas trop m'éloigner de la frontière suisse, car la maréchaussée me recherchait pour avoir déserté mon affectation d'objecteur de conscience. Les gendarmes de Moirans étaient en vérité bien contents de ne pas me trouver, et, lorsqu'on ne pouvait s'éviter, les jours de marché, ils me saluaient gentiment au nom de notre ancienne pratique du temps de la colonie.

Nous nous partageâmes la maison, nous nous traitions de voisins, en se penchant aux fenêtres, tels la mère Michel et le père Lustucru. Mais bien vite, aux nuits froides du premier hiver, nous nous cantonnâmes dans les deux seules pièces équipées d'une cheminée, Jef dans la chambre de Belinda, moi dans celle de l'abbé. Ma nouvelle fiancée habitait Toulouse où l'hiver est moins rude. Elle passait l'été avec nous, et je la suivais lâchement dès le premier gel dans sa niche méridionale, pour revenir aux jours meilleurs, quand, dit-on' dans ce Jura, l'hiver se tord le cou et le printemps a froid aux pieds.

Jef vécut là avec son chien. Seul le plus souvent. Il travailla à la scierie d'Etival, puis à la coop de Saint-Claude, où il avait la responsabilité de laver les bouteilles vides en retour de consigne. Il y passa deux ou trois hivers de courage et d'abnégation, la neige tombée du toit condamnait les portes, celle de la cuisine, qui s'ouvrait vers l'intérieur devant un mur de glace où nous creusions des étagères, servait de réfrigérateur. L'été, nous avons tenu, l'un et l'autre, la caisse du musée de la Pipe de Saint-Claude qui alors n'était que saisonnier. Je faisais provision, chez Paul Viou, de douzaines de bouffardes rustiques dont je triplais le prix pour les vendre entre les tables des partis et groupuscules politiques à la cafétéria du restaurant universitaire de Toulouse-le-Mirail. J'y attrapai un retour d'affection pour le militantisme et réussis un concours d'étudiants qui me mit à l'abri du besoin et m'éloigna des Crozets.

Je crois bien que Jef m'en voulut un peu de n'avoir pas eu la constance de porter plus loin notre projet de retraite anticipée dans ce pli de forêt qui nous avait tant appris. Le refus du maire des Crozets de me confier la gestion du chalet de ski n'y était pas pour rien. Quelques années plus tard, je fis engager Jef dans le journal qui m'employait. Nous y sommes restés trente ans. Une autre fois, dans un autre livre, je donnai à Jef le nom de Jok et en fis un héros malheureux.

J'ai trouvé l'adresse et le numéro de téléphone de l'abbé, à L., près de Saint-Dié, j'ai survolé les lieux sur Internet, le bâtiment évoque plus une maison de retraite qu'un presbytère, avec ses trois rangées de parkings sans ombre. Qu'il s'y repose en paix.

Agathe me manque. Parfois, son cœur s'envole.

Mais le vert paradis des amours enfantines, l'innocent paradis plein de plaisirs furtifs, peut-on le rappeler avec des cris plaintifs ? Tu parles, Charles.

Et toi, mon cher Christophe, que veux-tu savoir de plus ? Guy Debord a bien raison, la jeunesse est un état passager. La vie aussi, à peine plus long, mais à force de trop lorgner sur le premier, on risque de laisser filer l'autre comme si rien n'était.

Puisque pas grand chose ne fut, et bientôt plus rien ne sera.

Vous jetterez mes cendres dans votre sablier.

CET OUVRAGE A ÉTÉ COMPOSÉ
PAR IGS-CP À L'ISLE-D'ESPAGNAC (16)
ET ACHEVÉ D'IMPRIMER
SUR ROTO-PAGE
PAR L'IMPRIMERIE FLOCH
À MAYENNE EN JUIN 2010

N° d'édition : 16279 – N° d'impression : 76932
Dépôt légal : août 2010
Imprimé en France